낮술, 낭독

낮술, 낭독
토요일에도 보고 싶은 동료들과
읽고 울고 웃는 관계 맺기
이정화 이한솔 신새벽
우정 대담
정기현 김세영

일러두기

단행본 제목은 『 』, 신문 기사, 소설 단편, 시 등 개별 작품명은 「 」, 노래, 연극, 영화, 드라마, 전시 등의 제목은 〈 〉, 잡지 및 신문 등의 매체명은 《 》로 표기했습니다.

낮술낭독회
멤버 소개

이정화

낮술낭독회 창립자. 술과 낭독과 사람을 좋아한다.

이한솔

낮술낭독회에서 절주를 권하는 사람. 반쯤은 너무 부러워서 그러는 것이다.
그림책 읽기를 좋아한다.

신새벽

낮술낭독회 정신적 지주. 술 마시면 누가 시키지 않아도 낭독을 시작한다.

정기현

몰랐던 책을 낮술낭독회에서 배우는 사람. 취하면 갑자기 일어나 집에 가는
버릇이 있다.

김세영

낮술낭독회의 조화를 추구하는 사람. 취한 채로 끝까지 깨어 있으려 노력한다.

김현주

낮술낭독회의 관찰자. 따라 하며 배운다. 술이 있었기에 더욱 가능했다.

조은

낮술낭독회에서 모호하고 새로운 우정의 가능성을 발견한 사람. 일단 모임에
가면 오락가락하며 자리를 지킨다.

차례

낭독 만세!

이정화

들어가며

낭독 만세!

이정화

책을 읽는 멋진 방법 중 하나는 '낭독'이다. 낭독은 몸으로 읽는 독서다. 텍스트에서 반짝이는 문장을 찾아 소리 내어 읽는 순간 글자는 음을 입는다. 목소리를 통해 발산되는 음들은 눈과 귀를 자극하며 상상력을 피워낸다. 여럿이 낭독하면 몰입이 더해진다. 내가 낭독한 문장을 소재로 함께 이야기하면 혼자 읽을 때보다 풍성한 시선으로 책을 이해하게 된다.

여기에 술을 더하면? 긴장이 풀어지고 재미가 더해져 낭독의 자리는 어느새 무대가 된다. 무대 위 낭독자의 모놀로그는 관객을 즐겁게 슬프게 생각하게 행복하게 한다. 배우가 바뀔 때마다 우리는 낭독자를 응원하며 잔을 부딪친다. 어떠한 책을, 어떠한 문장을 들려주든 경청할 준비가 되어 있다. 낭독의 술자리는 낭독극이자 퍼포먼스의 공간이다.

자리가 깊어지고 낮의 낭독이 밤의 낭독이 되면, 우리의 낭독은 이제 자기 이야기를 나누는 심리 상담 모임이 된다. 책보다 농밀한 삶의 이야기가 펼쳐지는 것이다. 현재 나의 마음, 지나간 것, 다가올 것, 하고 싶은 것 등등 일과 생활과 낭독이 섞여 우리는 웃고 울고 다

투고 화해하다 집으로 돌아간다. 그렇게 일상을 살던 어느 날, 우리는 책 한 권과 술 한 병을 들고 다시 만난다.

이 책에는 어마어마한 야심이 담겨 있다. 뭐냐하면, 이번 참에 K-직장의 사내 모임에 '낭독회'를 결성하라고 적극적으로 두루두루 우렁차게 권장할 거다. '낭독을 어떻게 하는 거냐, 낭독하면 뭐가 좋으냐, 심지어 모여서 같이 낭독하면 뭐가 좋으냐.' 궁금해할 분들에게 이 책을 먼저 읽어보시라 할 것이다. 그래도 부족하다면 우리가 가서 설명해줄 터이니 불러달라 청할 것이다.

낭독회 레시피는 간단하다. 내가 읽을 책 한 권, 간단한 먹을거리. 모인다. 돌아가며 가져온 책의 일부를 모두에게 낭독한다. (낭독 순서는 앉은 순서도 좋고, 나서는 이 순서도 좋고, 느낌 가는 대로도 좋다.) 낭독 후 읽은 글에 대한 나의 감상을 말한다. 경청한 이들이 낭독 글에 대한 각자의 느낌이나 생각을 말한다. (모두 말하지 않아도 된다. 잘 들어주기만 해도 '땡큐'다.)

재미있을까? 이 시간이 나에게 도움이 될까? 지난 8년간 낮술낭독회를 해온 이로서 간단한 소회를 다음과 같이 전한다.

여럿 앞에서 낭독하면 긴장된다. 틀리면 어쩌나, 지루해하면 어쩌나 등등. 낮술낭독회 첫 모임 때는 더 그랬다. 만나 수다 떨고 먹고 마시는 건 좋은데 낭독 순서가 오니 긴장되었다. 참여 횟수가 늘 때마다 긴장의 강도는 누그러들고, 기분 좋은 낭독 경험을 통해 작은 성취감도 느꼈다. 그러면서 낭독이 점점 좋아졌다. 낭독에선 화자만큼 청자가 중요한데, 매번 귀 기울여 듣고 글에 반응하는 동료의 피드백이 읽을 용기를 북돋기 때문이다. 집에서 혼자 책을 읽을 때에도 낭독하며 내 목소리에 적응하고, 책 읽는 속도를 조절하며 몸으로 책 읽는 루틴을 익혀갔다. 최근에는 종이책만큼이나 오디오북을 즐긴다. 오디오북은 특히 자기 전 침대에 누워 들으면 서서히 잠에 빠지기 좋다.

낭독은 최근 급격히 감퇴한 집중력 회복에도 도움이 된다. 책을 읽든 일을 하든 전보다 집중하기가 어려워졌다. 속도가 빠른 디지털 미디어를 소비한 탓도 있고, 복잡다단한 업무에서 오는 피로감 때문이기도 할 텐데 그럴 때 낭독은 정신을 맑게 해준다.

사실 우린 일찌감치 낭독과 친했다. 글 모르던 어린 시절 부모가 낭독해주던 동화책을 듣다 스르륵 잠들었고, 언니 오빠가 책 읽는 소리를 들으며 자연스레 한글을 익혔다. 글을 깨치고 어릴 때 읽었던 동화책은 대개 소리 내어 낭독한다. 낭독은 퍼포먼스를 곁들인 독서이기 때문에, 눈과 목소리에 건강한 긴장을 주며 잡념을 줄인다. 낭독 모임은 오프라인뿐 아니라 온라인으로도 가능하다. 낭독은 디지털 디톡스 효과가 있고 업무로 쌓인 피로와 긴장을 푸는 데에도 탁월하다. 낭독은 어느 모임, 어느 자리에서나 효용감이 큰 이벤트다. 결혼식 때 친구나 부모가 읽어주는 편지처럼 특별한 축하 자리에서 낭독은 상대에게 마음을 전하는 근사한 팬레터가 된다. 함께 모여 낭독하면 옆 사람 덕분에 나의 문해력과 세상을 읽는 성찰의 폭이 넓어진다. 그래서 많은 이들에게 낭독의 장점을 알리고 싶다. 낭독 전파사가 되고 싶다. 이렇게.

(쩌렁쩌렁 울리는 목소리로, 에코 효과음을 상상하며, 멀리서 북소리가 두구두구두구 울린다.) "여러분, 소중한 이에게

마음을 전하고 싶을 때는 낭독을 하세요. 좋은 이들과 삼삼오오 모였건만 할 게 없을 때도 (낮술을 곁들여서) 낭독을 하세요. 사내 모임으로 낭독회 어떠세요?"

실패를 낭독하기

회사 동료와 친구가 될 수 있을까? 쉽진 않은 것 같다. 이전 회사 동료만 봐도 지금껏 교류하는 이들은 몇 되지 않는다. 하는 일과 업무상 이해관계가 닿아 계속 연락하는 경우, 힘든 회사 생활을 함께한 인연으로 지금껏 만나는 경우가 있다. 일 때문에 지속적으로 연락하는 경우는 그 일이 지속되지 않으면 교류도 끊어진다. 후자의 경우는 좀 더 끈끈하지만 아무래도 이전처럼 자주 만나지 못하고, 대화 소재도 서로 달라지니 공통분모가 많았던 과거에 비해 공감할 거리가 줄어든다. 그런 상황에서도 오래 교류하는 동료는 경험을 관통하는 비전이나 철학이 통할 때가 아닐까 싶다. 현실의 소소한 경험에서 나아가 그 과정에서 얻고 잃은 것을 이야기하는 이, 지금 처한 상황에서 나아가 이후 자신의 성장을 생각하는 이, 그런 이들이 힘겨운 터널을 잘 통과하길 바라며 응원하다 보면 나 역시 그들에게 응원받고 있음을 알게 된다. 서로의 견딤과 성장을 토닥이면 우정이 무르익고, 그러다 보면 바삐 살다가도 서로가 생각나 만나게 된다.

오래된 동료의 경우 실패를 나누다 친해진 경우가 많다. 코너에 몰렸을 때 모른 체하지 않고 말 걸어주거나 왜 실패했는지를 들어주는 이. 그런 이의 따뜻한 위로에 힘입어 나는 나의 실패를 낭독하고, 동료 역시 자신의 실패를 낭독한다. 그렇게 서로의 실패를 경청하며 우리는 여기까지 온 거다.

나의 두 번째 직장은 잡지사였다. 첫 직장의 잡지팀이 없어져 퇴사한 후, 새로 창간한 잡지사에 신입 기자로 입사했는데 선배 기자가 둘 있었다. 선임들에게 폐를 끼치지 않으려고 잔뜩 긴장한 채 기획도 하고 부지런히 취재해서 기사를 썼다. 석 달쯤 지난 어느 날, 잡지 마감을 마치고 선배들과 뒤풀이를 했는데 선임이 야

단쳤다. 네가 일을 잘해서 중간 선임이 힘들어한다는 것
이었다. 취기가 오른 선배는 사장한테 그렇게 잘 보이고
싶으냐, 사회생활이 일만 잘한다고 되는 게 아니란 식
으로 훈계했는데, 그 말이 억울해 소주잔을 연거푸 비
우고 뻗어버렸다. 잘해도 지랄이야, 싶었지만 그보다 외
로웠다. 말이 되지 않는 이유로 서로 편먹고 나만 고립
시킨 두 사람이 야속했다. 두 사람이 나를 동료로 인정
하지 않았으니 나에겐 동료가 없는 셈이었다. 낭독 얘기
를 하다 흑역사를 왜 꺼내냐면, 일터에서 그만큼 동료
가 중요하다는 걸 말하고 싶어서다. 이 경험 때문인지,
프리랜서 생활을 오래 한 탓인지, 나는 늘 자유롭게 일
하고 싶은 한편 동료가 고팠고 소속감을 느끼고 싶었
다. 찌질한 얘기를 해도 서로 사정이 비슷해 부끄럽지
않은 동료. '작당'이라 해도 좋으니 코너에 몰릴 때 내
편 들어주는, 어제 찌질해도 내일 쿨하게 평범한 일상
을 같이 보내는 그런 동료를 원했다.

최근 나를 확 깨게 하는 상대는 새벽이었는데, 술
을 좋아하는 우리가 함께했던 무수한 술자리 중 어느

밤이었다. 누군가를 질투했다고 스스럼없이 얘기하는 새벽이 새삼 신기했다. '얘는 되게 솔직하구나.' 하는 차원을 넘어 새벽에게 '집중하게' 되었다. 반추해보니 내 글에 지극히 비평적 관점으로 파고들어 공격하던 이도 새벽이었고, 내게 한사코 글을 쓰라고 잔소리하던 이도 새벽이었다. 그도 알고 나도 아는 친구에게 더 다정한 나에게 질투가 났다고 말하던 이도 새벽이었다. 그토록 내가 유지하고 싶었던 착한 인간 이미지를 벗어던지고 맨발로 논쟁하던 이도 새벽이었고, 내가 무언가 깨달을 때마다 가장 진지하게 말한 이, 그걸 들어주던 이도 새벽이었다. 어른이 되고 친구와 싸웠다 화해한 경우가 두 번 있는데 한 번은 30년 지기 대학 동기였고, 다른 한 번이 새벽이었다. 어른이 되어 싸우면 안 보고 말지, 화해하기는 쉽지 않다. 그런데 내 아들과 MBTI가 같은 새벽은 어느새 내게 동료를 넘어서 친구가 된 듯하다. 우여곡절 끝에도 결국 남아 믿고 사랑스럽게 옆에 있으면 친구 아니겠나.

나를 낭독하기

낮술낭독회는 내가 프리랜서에서 직장인으로 접어드는 시기까지 이어진 모임이다. 처음 멤버는 여러 곳에서 활동하는 이들이었는데, 어느 시점부터 사내 모임이 되었다. 한때 같은 회사를 다닌 후 지금은 다른 회사를 다니거나 다른 업을 가진 멤버도 있지만, 대다수가 같은 회사를 다닌다. 우리는 회사 동료인 동시에 사적 모임을 함께하는 친구들이다. 우리는 출근길이나 점심시간에 마주치면 눈이나 손으로 인사한다. 짬이 날 때는 같이 밥을 먹거나 간단한 잡담을 나눈다. 하지만 회사 메일에선 서로에게 정중히 직급을 붙이고, 격식을 지닌 문장으로 업무를 공유하며, 회의 시간엔 존댓말로 의사를 전달한다. 우리의 이중생활은 그닥 불편함이 없다. (나만 그렇게 생각하나?) 그 이유는 내 생각에 우리가 회사에서도 서로에게 꽤 괜찮은 동료이기 때문인 것 같다.

예를 들어 새벽이 만드는 인문사회 잡지에 우리 중 누군가는 대담에 참여해 그 호의 지면을 책임지고, 내가 외부 행사로 기획한 낭독회에 소설가 정기현을 초대해 낭독을 청하는 식의 품앗이를 한다. 세영이 새로운 책 기획을 준비할 때 내게 의견을 묻기도 하고, 한솔은 고민되는 일이 있을 때 새벽에게 대화를 청하기도 한다. 이런저런 일을 하는 와중에도 우리는 서로서로 솔직하고 다정해서 힘이 덜 든다. 동료와 친구가 되면 일할 때도 시너지가 난다. 안과 밖이 투명해진다.

일터에서 그리 지내니 낮술낭독회에서 만나면 더 정겹다. 너도 나도 사회생활하느라 고단한 걸 아니까. 이런저런 개인 사정도 적잖이 공유하니까. 일과 삶을 함께 나눌 동료가 늘수록 나는 '척'을 덜한다. 잘 아는 척, 착한 척, 어른인 척하던 내가 솔직해져도 동료들이 너그럽게 받아줄 거라고 믿으며. 좋은 일, 안 좋은 일 함께 나누며 우린 조금씩 큰다. 나에게도 이제 동료가 있다. 심지어 많다.

전에는 그렇지 않았다. 의심이 많았고 사회에서 만난 상대에겐 약점을 보이지 않으려 했다. 내 경우 회사 동료와 친구가 되기 어려운 이유는 경쟁과 바람직하지 않은 질투 때문이었다. 성과가 우선인 조직은 타 팀 혹은 동료와 불가피하게 경쟁한다. 성과를 비교당하는 스트레스도 피할 수 없다. 질투도 난다. 나보다 잘하든 못하든 나보다 인정받는 것 같으면 질투가 난다. 그 자극으로 나를 성장시키면 좋으련만, 오그라든 자존감을 만회하려고 남 탓을 한다. 일에 미쳐 있을 때는 경쟁을 즐기거나 승리하는 쾌감을 동력으로 삼았다. 일에 지쳐 있을 때는 신세 한탄을 하거나 질투를 숨기려고 애썼다. 나 혼자 경쟁하고 나 혼자 질투하다 소심해진 내 얼굴을 마주하는 게 아파서 나 아닌 것들에 핑계를 두었다. 그 심리에는 부족해서 내쳐질까 봐 불안해하는 심약함도 섞여 있다. 어느 날 이런 생각을 했다. '이상해. 내가 하는 이 모든 안간힘에 정작 나는 빠져 있어. 이 질문이 빠져 있잖아. 그래서 너는 지금 괜찮아? 너는 지금이 좋아?'

나를 나로, 동료를 친구로 대하려면 뭘 해야 할까. 모두에게 인정받으려는 욕심, 좋은 사람처럼 보이려는 욕심부터 내려놓자. 내가 그러하듯 동료도 나에게 거창한 능력과 훌륭한 인성을 기대하지 않는다. 친구는 시험에 통과해야만 얻을 수 있는 존재가 아니다. 때로 편협하고 실수해도 여지를 주는 상대가 편하다. 그런데 어째서 나는 나에게 그런 깐깐한 항목을 강요하고 살았나. 왜 전력 달리기를 하는 선수처럼, 매일 시험을 치르는 수험생처럼 긴장하며 사나. 내가 나 자신이 편치 않은데 누가 나를 편하게 생각할까.

나를 '지켜볼' 시간이 필요했다. 남보다 우선 나를 이해해보자. 진짜 나란 사람이 뭘 하고 싶고 뭘 할 때 즐거운지를 보자. 나의 욕심으로 지금도 가능한 여유를 놓치는 것은 아닌지. 미래를 위해 현재의 순간을 흘려보내는 것은 아닌지. 삶의 균형을 유지하기 위해 내게 필요한 것이 무엇인지 돌아보자. 잃어버린 나의 시간을 찾아보면서 마음을 바꾸었다. '회사 누구와도 경쟁하지 않는다. 회사 누구도 질투하지 않는다. 나 스스로 세운 '서원'에 이르기 위해 노력하고, 기특하게 산 과거의 자신을 질투하자. 경쟁하되 경쟁하지 않고 질투하되 질투하지 않기 위해 남은 에너지를 쓰자.' 이런 생각으로 사니 형편이 전보다 나아졌다. 외부 상황에 조금 덜 휘둘

리게 되었고, 나를 보살피는 데 조금 더 에너지를 쓰게 되었다. 이럴 여유와 용기가 생긴 건 낮술낭독회를 함께 한 동료들 덕이 크다.

친구를 낭독하기

이 책이 나오기까지 적지 않은 낮술낭독회를 했다. 세운상가에서, 상수역 어느 카페에서, 공유 오피스에서, 새벽 옛날 집에서, 한솔 옛날 집에서, 세영 옛날 자취방에서, 정화 집에서, 기현 옛날 집에서, 새벽 지금 사는 집에서, 한솔 부모님 작업실에서, 세영 지금 사는 집에서, 정화 지금도 사는 집에서, 기현 지금 사는 집에서, 수원 푸른지대창작샘터에서, 플랜비프로젝트스페이스에서, 통영에서, 지리산에서…… 네버 엔딩 낮술낭독회가 낮부터 새벽까지 이어졌다. 멤버들끼리, 친구를 초대해서, 낯선 이들과, 작가들과, 기획자, 번역가, 화가들과 함께 읽었다. 그렇게 8년이 이어지다 보니 기록하는 게 좋겠다 싶어서 이 책을 기획했다. 잘한 것 같다.

처음 이 책을 제안했을 때 응하는 멤버가 많지 않았다. 나 혼자 쓰라고도 했는데 혼자 쓰면 나만 재밌을 것 같아서 주저했다. 그러다 한솔이 쓰겠다 했다. 새벽도 쓰겠다 했다. 그래서 셋이 쓰게 되었다. 셋만 쓴 건 아니다. 기현과 세영이 대담을 맡아 진행과 기록을 했고, 원년 멤버 김현주 큐레이터와 슈퍼울트라캡숑 편집자 조은이 발문을 맡았다. 그 밖에도 샤이해서 글로는 자신을 드러내지 않은 지원군들이 많다. 든든하다.

별첨으로, 이 책에 수록된 대담 '동료와 친구 사이를 넘나드는 시간' 일부를 인용해본다. 낮술 만세! 낭독 만세!

기현　올해 나는 내가 이런 동료들과 같이 일하고 있구나 그리고 모두에게 어려움이 있구나, 새삼스레 실감하고 있어. 지속가능성을 위해서라면 서로 어려움을 공유하는 게 중요한 것 같다는 생각을 많이 하면서.

정화　얼마 전 점심을 먹는데 회사 동료가 그러더라고.

회사는 싫은데 동료가 좋아서 다닌다고. 공감했음! 우런 대체로 못되기는 했어도 사악하진 않은 것 같아서 다행이야.

한솔 친구 만나러 다닌다는 느낌도 있어. 편집자라는 직업의 특성이기도 한 것 같아. 사실 저자 미팅 가거나 기획 이야기하면 재밌거든? 뜻이 맞는 사람들과 같이 뭘 한다, 그런 느낌.

새벽 나는 회사 일에 잠식될 때가 많은데 상대적으로 거리 두는 법을 배웠어. 낭독회에서 솔직하게 얘기해주는 게 기준이 돼. 적어도 이건 아니라는 그런 거. 기본적인 현실감각을 일깨워줄 때가 돌아보면 소중했던 것 같아.

세영 사무실에서 딱딱하게 업무 이야기하며 눈치 보고 잘 안 풀리면 전전긍긍하고, 맘에 안 들면 뒷담화하는 방식이 아닌, 다른 길이 있다는 걸 이 모임에서 배웠어. 동료가 친구가 되면 일하기가 훨씬 편하고 즐겁다.

우리는 서로의 서술자

이정화

우리는 서로의 서술자

이정화

1

오우 낮술,

오우 낭독 좋지요!

오우 낮술,

오우 낭독 좋지요!

2017년 여름, 어쩌다 보니 미술 분야 지인들과 세운상가 안에 네 평 남짓한 공간을 빌리게 되었다. 한 겹의 오래된 미닫이 새시 문을 열고 다섯 걸음쯤 걸으면 한 겹의 오래된 미닫이 새시 창 너머 청계천 상가 일대가 내려다보였다. 방 안인데 칸막이 친 복도에 있는 느낌. 난방은 물론 방음도 기대하기 어려웠다. 손으로 만지면 석회가 묻어 나오는 벽에 덜렁 달려 있는 홑겹 창문 바깥으로, 이 상가만큼 나이 든 상가들이 오밀조밀 붙어 있었다. 상점마다 누가 누가 오래 일했나 내기하면 절대 질 일 없는 숙련공들의 삶터였다. 낡고 부지런하고 역사적인 공간.

세운상가의 매력을 발견한 동료 작가의 투지로 여섯이 50만 원씩 내서 보증금 300만 원을 마련했고, 운영비는 월 5만 원씩 거둬 충당하기로 했다. (당시 월세가 30만 원.) 단체 이름도 지었다. 서울팩토리. 줄여서 '서팩'. 텅 빈 네 평 공간이니 마음먹기에 따라 뭐든 할 수 있었다. 그러나 뭐든 할 수 있다는 건 뭐든 안 할 수 있다는 말이기도 하다. 처음 몇 달은 멤버들과 모여 무엇을 할까만 줄곧 의논했다. 서서 얘기하면 다리가 아프니 책상과 의자 여섯 개를 샀고, 말만 하면 심심하니 뭐라도 틀어놓자며 모니터를 하나 샀다. 모니터를 봐야 하니 거치대 겸 캐비닛을 샀고, 춥고 더워서 작은 선풍기와 온열기를 샀다. 그러다 동료 작가의 전시를 했고, 다른 작가의 팝업전을 했다. 서팩은 그런 식으로 공간에 느릿느릿 적응해갔다. 당시 세운상가는 지금보다 개발 붐을 덜 타 우리처럼 작은 가게를 빌려서 작업실이나 전시 공간으로 쓰는 이들이 제법 되었다. 각종 공구, 부속품이나 조명, 오디오 기기 등속을 파는 낡은 상점들 사이사이로 숨어 있는 작업실이나 책방이 꽤 있었다. 어쩌다 상점 바깥에서 쭈뼛거리면 안에 있던 이가 놀라 살며시 고개를 까닥이거나 미소를 지었다.

그날은 일요일이었다. 일이 있어서 시내에 나왔다가 오후쯤 서팩에 들렀다. 장사를 하지 않는 청계천 일대는 적막했다. 일꾼들이 휴식을 취하는 시간에 샤이한 작가들은 전시를 연다. 이날은 오프닝 행사가 없어서 상가 층을 둘러보거나 안 가본 옆 동을 기웃거리다 서팩에 들어와서 앉았다. 빈 공간에 혼자 앉아 있자니

별별 상념이 들었다. 나도 여길 좀 활용해야 할 텐데. 집에서 멀기도 하고, 뭘 해야 할지 모르겠고 말야. 음……어떻게 살아야 하나.

당시 나는 외주 편집자로 일하면서 간간이 미술 쪽 프로젝트에 참여하거나 글을 쓰고 있었다. 그리하여 나의 인맥의 반은 출판 쪽, 반은 미술 쪽에 걸쳐 있었다. 어떻게 하면 한 줌의 절친을 모아 재미난 시간을 가질까. 궁리하자니 가랑비가 내렸다. 가는 비가 술술 내리니 출출해지고 술 생각이 났다. 생각은 이렇게 뻗어나갔다. 여기서 낮술을 할까? 낭독하면서? 낮술과 낭독, 잘 어울린다. 이름은 '낮술낭독회'로 하자. 일꾼들이 휴식을 취하는 주말 휴일 낮, 도심 한가운데 세운상가 낡은 상점에 앉아 낭독을 하면 한량 같기도 하고 운치 있을 것도 같았다. 비가 부슬부슬 내리니 술 생각이 날 법은 한데 웬 낭독? 좋으니까. 누가 낭독해주는 것도 좋고 내가 낭독하는 것도 좋다.

어릴 때 들었던 라디오 방송 때문일까. 중학교 때 밤마다 라디오를 청취했다. 자정 프로그램에 '생각하는 동화' 코너를 좋아했다. 데이비드 란츠의 〈크리스토포

리스 드림(Cristofori's Dream)〉❖이 시그
널로 흐르다가, 디제이가 그날의 동
화를 한 편씩 읽어줬는데 그게 좋았

다. 이야기를 듣고 그 너머를 상상
하는 것도, 낭창한 목소리도, 자정에서 새벽으로 넘어
가는 시간의 몽롱한 느낌도 좋았다. 어느 날은 지혜로
운 추장의 이야기, 어느 날은 어린 왕자와 붉은 여우의
이야기, 어느 날은 탈무드 일화, 어느 날은 나무를 심
는 사람의 이야기 등 세상이 궁금하고 마냥 크게 느껴
지던 시절, 라디오에서 흘러나오는 이야기를 들으면 여
러 가지가 상상되며 가슴이 부풀었다. 지금도 란츠의
이 곡을 들으면 그때가 생각난다. 늦게 자다 보니 다음
날 지각하기 일쑤였지만, 그 시절 라디오로 듣던 동화
는 불안을 잠재우는 역할을 했다.

　학기 마지막 수업 시간엔 선생님이 다음 학기에 배
울 교과서를 나누어준다. 새 책을 받으면 고대하던 방
학이다. 집에 와서 나머지 책들은 내팽개치고 국어 교
과서만 책상 위에 단정히 내려놓는다. 침착한 척하지만

실은 가슴이 방방 뛴다. 새 국어 교과서에 실린 소설과 수필을 읽을 생각에. 윤오영의 「방망이 깎던 노인」, 폴 빌리어드의 「위그든 씨의 사탕가게」, 이어령의 「삶의 광택」, 이상의 「날개」, 황순원의 「소나기」, 김유정의 「동백꽃」, 현진건의 「운수 좋은 날」과 같은 소설이 펼쳐지면 나는 우선 자세를 고치고, 숨을 고른 후, 천천히 낭독한다. 갓 삶은 옥수수를 막 먹으려는 마음처럼. 이제 방학이 시작되어 시간도 많겠다, 시험 걱정도 없겠다, 맘 편히 여유롭게 독서할 시간이 주어졌다. 나는 마치 의식을 치르듯 눈앞에 펼쳐진 텍스트를 또박또박 소리 내어 읽는다. 눈 대신 소리로 읽는 이유는 뒤의 내용이 궁금해 너무 빨리 읽는 우를 범하지 않기 위해서다. 라디오에서 듣던 성우의 발성을 흉내 내며 새 이야기를 낭독하는 꿀 같은 시간. 내 독서의 전성기. 그 시기 읽던 이야기의 여운은 지금도 선명하다.

다시 서팩으로 돌아와서, 상념은 누구랑 낮술낭독회를 할까로 이어졌는데, 어울리는 두 명의 풍류객이 떠올랐다. 일 때문이든 회식 때문이든 만나면 늘 마지막까지 남는 둘(새벽과 현주)에게 문자를 보냈다. 우리 낭독 모임 할래요? 낮술 하면서. 오우 낮술, 오우 낭독 좋지요! 그렇게 마음 맞는 몇 명이 모여 첫 낮술낭독회를 했다.

낮술하기 좋은 어느 토요일, 우리는 서팩에 모였다. 준비물은 낭독거리와 약간의 먹거리. 그날은 서팩 멤버 몇 명과 독일에서 유학 중인 친구도 화상으로 참여했는데, 그 역시 동네 마트에서 사 온 오리지널 베를린 맥주 한 병을 책상 위에 올려놓았다. 탁자 가운데 각자 가져온 술과 먹거리를 모은 뒤 한 명씩 돌아가며 낭독을 하고, 낭독이 끝나면 잔을 부딪치며 한잔하고는 낭독한 글에 대한 각자의 생각을 들었다. 읽을거리가 다양하니 이야기 타래가 이어졌고, 먹고 마실 것이 넉넉해 흥이 가실 틈이 없었다. 낭독은 처음 기대한 것보다 신이 났다. 시간은 술술 흘러 오후 2시에 시작된 낮술낭독회는 늦은 밤까지 이어졌다.

그렇게 세운상가 네 평 공간에서 시작한 낮술낭독회는 해를 거듭하며 매달 만나다가, 몇 달에 한 번 만나

다가, 팬데믹 시기에는 각자 집을 돌다가, 하던 이들끼리 혹은 새로운 이들과 하다가, 이제는 민음사 사내 모임이 되어 올해 8년 차를 맞이했다. 처음엔 몰랐다. 이렇게 오래 마실 줄, 이렇게 오래 읽을 줄. 신기할 따름이다. 낭독의 매력이 대체 뭐길래 일상다반사인 우리가 이렇게 길게 만나 서로를 읽었을까.

사람을 만나고 싶어서

낭독회를 왜 하느냐고 물으면 '사람을 만나고 싶어서요.' 할 것이다. 사람을 그냥 만나면 되지 뭘 통해 만나려고 하느냐 물으면 내가 사람을 만나려면 그런 게 필요하다고 할 것이다. 사실 나는 누군가를 직접 만나는 게 부담스럽다. 상대가 나를 싫어할까 봐, 혹여 실례가 될까 봐, 대답하기 힘든 질문을 할까 봐, 마음이 편치 않다. 그래서 대화의 완충 역할을 해줄 매개가 있으면 안심이 된다.

최근에는 낭독이 상대와 편안하게 만나는 매개 중

하나가 되었다. 낭독거리를 들고 모임에서 이야기를 나
누면 대화의 밀도를 조율하기 좋다. 일상의 대화가 무거
우면 낭독으로 위안받을 수 있고, 낭독 텍스트가 무거
우면 위트 있는 대화로 생기를 띄울 수 있다. 사는 얘기
에 책 얘기가 더해져서 익숙하기도 새롭기도 하다. 사람
을 만나고 싶은 건 상대의 세계를 알고 싶은 마음이다.
연결되고 싶은 마음. 그가 어떤 열정을 지니고 사는지
알고 싶은 마음. 긴장이 누그러진 상태에서 상대의 이야
기를 경청하면 그의 장점이 먼저 들려온다. 그의 언어
가 와닿으면 공감하게 되고, 그에 대한 새로운 정보를
간접적으로 배우며, 즐거운 사교가 가능해진다.

　　상대가 직접 쓰거나 창작한 것이 아니어도 낭독 모
임 때 읽는 텍스트는 그가 무엇에 관심이 있는지, 무엇
이 궁금한지, 무엇에서 즐거움을 얻는지 알려준다. 서
로의 간극을 조절하며 깊은 대화를 나눌 수 있다는 점
이 낭독의 매력 중 하나다. 관계는 적절한 거리가 유지
될 때 건강하게 유지되는 경우가 많다. 잘 모르면서 아
는 체할 때보다 그가 들려주고 싶은 말, 그가 읽히고 싶
은 언어를 존중하며 대화할 때 보다 가까워진다.

　　최근 낮술낭독회의 주요 멤버는 편집자들이다. 한국문학, 해외문학, 인문사회. 모아놓으니 주요 분야가 다 모였다. 그래서 각자 가져오는 낭독거리도 다양하다. 인문서를 낭독해주는 멤버 덕분에 지금 화제인 사회 이슈나 철학책 정보를 얻는다. 좋은 인문서를 멤버가 낭독해주면 슬그머니 핸드폰을 꺼내 온라인 서점 앱에 들어가 그 책을 장바구니에 넣어둔다. 멋진 그림책을 멤버가 낭독해주면 그 역시 사두었다가 마음이 지칠 때 꺼내 읽는다. 나도 책 한 권을 골라 가져가서 낭독하며 어떤 점이 좋았는지 소감을 말한다. 그렇게 각자가 고른 한 편 한 편을 낭독하고 나서 우리는 책 이야기를 높이 쌓고 쌓는다. 간간이 술 한잔 홀짝이면서. 우리에게 책은 일이자 삶이자 현실이기에 나눌 질문도 많고 생각도 많고 이야기도 많다. 공통의 화제를 가진 이들이 만나서 대화할 수 있다는 것 자체가 서로에게 위안이다. 구구절절 설명하지 않아도 그가 들려주는 책 이야기 안에서 마음이 보인다.

두서없이 존중하기

낮술낭독회는 대체로 이런 풍경이다.

하나, 낮술낭독을 원하는 누군가가 만나자 청하고 시간과 장소를 제안한다. 주로 나와 새벽이 제안할 때가 많지만, 집들이라든가 출간 모임 등 특별한 경우에는 다른 이가 주최자가 되어 낮술낭독회 날짜와 장소를 정한다. 우리끼리 만날 때도 있지만 미술 작가 초대 모임이나 친구 데려오기 날 등을 통해 다른 이들과 함께할 때도 있다. 이벤트를 할 때도 일이 아니니까 흥이 나면 제안하고, 상황이 맞아떨어지면 일을 벌인다. 그러니까 우리는 일이 아닐 때 일을 벌인다.

둘, 우리는 대체로 오후 2~3시쯤 만나는데 그 시간에 딱 맞춰 모이기보다 누구는 그 전에, 누구는 이후에 와서 놀다가 어느 시점에 분위기가 잡히면 낭독을 하는 편이다. 정해진 시간에 출퇴근하는 일과도 지겨운데 모임까지 딱딱 시간을 맞추는 건 그 자체로 피로할 수 있다. 모였다 헤어지는 것도 시간이 정해져 있지 않아서 어느 때는 늦은 새벽까지 이어지고, 어느 때는 일찍 파할 때도 있다.

셋, 모임 장소에 한 명씩 도착하면 호스트에게 술을 전달하고, 테이블 가운데에 먹을거리를 펼쳐놓는다. 우리의 먹을거리는 처음엔 우아한 쿠키나 빵, 감바스, 샐러드 등으로 시작했다가 저녁에서 밤으로 이어질 무렵 술기운이 돌고 출출해지면 컵라면이나 해장국과 같이 한식 일색으로 바뀐다. 사발면은 막판에 언제나 빠지지 않았던 것 같다. 낭독이 무르익고 술기운도 낙낙해질 무렵 몇몇이 편의점에 가서 각자 취향의 사발면을 골라 속풀이 라면을 즐긴다.

넷, 낭독 분위기가 잡히면 누군가 먼저 읽겠다 하고 그의 낭독을 경청한 뒤 낭독자의 말을 먼저 듣는다. 그런 다음 돌아가며 낭독에 대한 인상, 책에 대한 생각을 서로 주거니 받거니 한다.

다섯, 한 사람의 낭독이 끝나면 모두 건배하고 다음 사람이 낭독을 바로 이어받거나 수다를 떨다가 다시 낭독을 이어간다. 낭독 순서는 대개 자발적이지만 누군가가 호명하기도 한다. 누군가 진행자가 되기도 하지만, 자발적이고 자연스럽게 이루어지기 때문에 낮술하고 낭독하는 데에는 딱히 정해진 규칙이 없다.

　우리는 일로도 만나는 사이라서 책 얘기를 하다가 일 얘기를 하다가 왔다 갔다 한다. 편집자의 일이 두서를 정하는 일이기도 해서 두서없이 이야기하는 자체가 스트레스를 푸는 방법이기도 하다. 쓸모없는 이야기, 맥락 없는 설명, 오락가락 리뷰 같은 이종의 대화가 긴장을 풀어주고 마음을 편하게 한다. 노는 건 목적이 없고 누군가에게 잘 보일 필요가 없어야 재미가 생기는 법이니까. 하지만 우리의 모임에도 암묵적인 합의는 있다. 낭독자가 읽어주는 텍스트와 들려주는 리뷰를 경청하고 그의 느낌과 생각을 존중하기, 내 생각 역시 상대가 존중해줄 거라고 믿기, 낭독 자리에서 즐기는 술은 상대에게 피해를 주지 않을 정도로 마시기 등이다. 우리의 낭독 자리는 자유롭고 자발적이지만 막무가내로 거칠고 무례하진 않은 것 같다.

　여섯, 모임은 언제나 평어로 진행한다. 낮술낭독회에는 X세대, 88만원세대, MZ세대가 다 모여 있는데 우리는 평어를 쓴다. 시작은 기현이었다. 낮술낭독회 자리에서 기현이 하는 인문학 모임에서 쓴다는 평어가 화두에 올랐다. 평어를 왜 쓰냐, 평어를 쓰니 좋더냐 등의 이야기를 하다 보니 우리도 평어를 쓰지 않을 이유가 없어서 바로 쓰기로 했다. 기현이 말한 '예의 있는 반말'의 장점을 내 나름 해석하면 동등감과 존중감이다. 형식적으로나마 서로의 자리를 평평하게 하면 마음도 서서히 평평해지고 격의 없는 대화가 이루어질 여지가 많아지지 않을까. 그러니 평어를 못 쓸 이유가 무어냐. 나이가 많건 적건 우리는 동료고 친구니까.

마을 공동체 커뮤니티에서 아이를 키운 나는 이미 거기서 어른 아이 할 것 없이 이름 대신 닉네임을 부르며 평어를 써온 터라 더 거부감이 없었다. 그래서 회사 동료 누구에게나 평어를 쓰자 제안했는데 몇몇은 주저했다. 예컨대 사원들은 직급상 차장인 나에게 '예의 있는 반말'이 부담스러운 듯했다. 직급은 같지만 친분이 두텁지 않거나 내성적인 이들도 당황하는 기색이었다. 그래서 처음엔 눈치 없이 아무한테나 "평어 쓰자." 하다 이후에는 분위기를 살피며 장난스럽게 제안하곤 했다. 누군가와는 식사 자리에서 실컷 평어로 대화하다 시일이 지나 다시 만나 밥 먹다가 내내 존댓말을 쓰고 있는 걸 알아채기도 했다.

사실 회사에서 평어를 쓰긴 쉽지 않다. 생각해보면 상사와의 친교는 사회생활에 가깝지, 자발적 다정함은 아니다. 그래서 지금은 취사선택하여 평어와 존대를 함께 사용하는데 그게 또 매력 있다. 조직 내에서 우리를 지켜주는 다정한 기류가 평어를 통해 흐르는 것 같아서.

X세대에 속하는 나는 평어 덕분에 낮술낭독회 멤버들과 대화할 때 나이를 잊고 주책을 떨 수 있다. 평어의 장점 중 하나는 군더더기 없이 본질에 집중하게 한다는 점이다. 우리 앞에 붙어 있는 직급, 성별, 연차 등의 여러 지표를 떼고 새벽, 한솔, 기현, 세영과 같이 이름만 부르며 대화할 수 있다. "이 책은 말야." 하며 책 얘기를 들려줄 때에도 친근함이 더해진다. 평어는 일상 대화를 할 때도 속을 터놓게 하는 분위기 메이커가 되고, 상대의 말을 듣거나 내 생각을 말할 때 좀 더 솔직해질 용기를 준다. 우리는 그저 책을 좋아하고 책 이야기하는 걸 좋아하는 책덕후이고, 자연계에서 천천히 새로워지고 낡아가는, 공통의 읽고 쓰는 생명체다.

노는 게 일이 될까 봐

얼마 전 민음사 유튜브팀에서 낮술낭독회를 영상에 담고 싶다고 했다. 워낙 인기가 많은 채널이라 우리 모임을 자랑하고 싶으면서도 고민이 되었다. 노출하는 게 맞나. 멤버들이 부담스러워하지는 않을까. '술'이 들어가는데 괜찮을까. 다른 이가 재밌어하겠어? 단체 채팅방에 의견을 물으니 하자는 편과 걱정하는 편으로 나뉘었다. 노는 게 일이 될까 봐 걱정하는 마음을 알 것 같았다. 모임보다 우리가 중요해. 이 말이 맞으니까. 낮술은 핑계고 만나 노는 게 중심이고, 낭독은 핑계고 만나 이야기 나누는 게 중심이니까. 이럴 때 해법은 충분한 대화 그리고 투표. 한솔이 먼저 밝혔다. 재밌을 것 같아. 난 할래. 새벽도 동참했다. 나도. 기현도 세영도 동참. 나도. 나도. 내 경우 이번 낮술낭독회가 두고두고 기록으로 남을 것 같아 혹했다. 후일 다시 보며 흐뭇해하는 기념사진처럼.

함박눈이 펑펑 쏟아지던 어느 오후, 신용산 인근 북카페로 우리는 각자 술 한 병과 낭독거리를 들고 모였다. 이날 나는 애정하는 '별빛청하'와 '칼몬드'를 챙겼다. 유튜브팀이 대여한 공간은 낡은 주택을 개조한 아담하고 안락한 카페였다. 마당을 지나 현관문을 열고 몇 계단 올라가니 벽난로가 근사한 실내가 보였고, 벽난로 주변으로 낭독 자리가 마련되어 있었다. 스태프들은 이미 와서 카메라를 세팅하고 있었다. 고즈넉하고 고풍스러운 분위기에 다들 환호하며 "오, 낮술낭독회 출세했네! 멋지다 근사하다." 감탄했다.

카메라가 있어 초반에는 어색하긴 해도, 낭독이 이어지면서 늘 감돌던 흥취가 살아났다. 창밖으로 마침 눈이 펑펑 내려 자리를 더 안락하게 했다. 새벽은 낭독 때마다 늘 하는 '까마귀' 리액션을 발사했고, 한솔은 늘 그렇듯 똘망하게 낭독했다. 기현은 나른한 목소리로 기막힌 소설 한 편을 낭독했고, 뭘 해도 어색한 나는 노잼이라고 핀잔을 들었다. 촬영을 마친 우리는 남은 술을 유튜브 촬영팀과 나눠 마시며 남은 수다를 마저 풀었고, 카페를 나와 뒤풀이로 새벽까지 흥을 이어갔다. 역시 뒤풀이 자리는 진지했다. 막상 신나게 찍어놓고 노잼이면 어쩌냐, 요새 일이 많아 힘들다, 누구누구와 잘 맞지 않는다, 이것이 불만이다 등등. 우리는 벌인 일에 대한 걱정, 벌일 일에 대한 걱정, 같이 일 벌인 이와 같이 일 벌일 이에 대한 걱정과 원망, 푸념과 후일담을 한참 했다. 노는 건 일이 아니고 일은 노는 게 아니지. 일이 재밌으면 정상이 아닐지도 몰라. 애당초 일과 노는 것을 겹치면 힘들어. 오죽하면 워라밸이 뜨냐고. 일과 삶의 균형. 둘 사이의 '과'는 꽤나 먼 간극이라고. 회사 동료와 친구하기. 노는 듯 일하기. 이런 멋진 문장을 삶에 적용하려면 우리는 일단 내려놓아야 해. 망할지도 몰라. 쉽지 않지만 해보는 거야. 이런 호기로움을 가져야 한다고. 우리에겐 우리만의 유머가 있잖아.

몇 주 후 두둥, 민음사TV 유튜브 채널을 통해 우리의 낮술낭독회가 소개되었다. 민음사 유튜브팀은 편집의 달인이었다! 우리가 푸념하는 동안 이들은 일을 한 것이다. 영상은 생각보다 재밌게 전개되었고 결과적으로 얻은 것이 많았다. 민음사TV에 다시 들어가 보니 헉, 조회수 7.5만. 7만이 넘는 사람들이 우리와 낮술낭독회를 함께했구나. 역대급 낮술이었다!! (이 영상이 궁금하다면 유튜브에서 '민음사TV 낮술낭독회'를 검색해보시길.)

43

다음 낮술낭독회는 언제 할까? 어디서 할까? 누구
와 만날까?

이정화

#2

지난 낮술낭독회에서
배운 것

패터슨은 미국 뉴저지 '패터슨'이라는 소도시에서 23번 버스를 운전한다. 매일 아침 같은 시간에 일어나 같은 거리를 걸어서 직장에 도착한 뒤 같은 버스를 몰고 같은 이웃을 태운다. 저녁에 개를 산책시키다가 단골 펍에 들러 맥주를 마시고, 노트에 시를 쓴다. 아침에 시리얼을 먹다가 우연히 눈에 띈, 오하이오 블루 팁 성냥갑에 대해. 쌍둥이를 낳으면 어떨까 묻는 아내 로라의 말을 듣고 백미러로 비친 버스 승객들 중 쌍둥이만 눈에 들어오는 패터슨의 삶은 권태롭지 않다. 그의 주변에는 세탁소에서 랩을 연습하는 남자, 시를 쓰는 소녀처럼 사랑스러운 이웃이 있고, 집 안의 온갖 패브릭에 그림을 그리며 남편의 시를 사랑해주는 아내 로라와 사람처럼 패터슨을 질투하는 엉뚱견 마빈이 있으니까.

어느 날 마빈이 자신의 노트를 모두 물어뜯은 허망한 심정을 달래고자 즐겨 찾던 폭포수로 향한 패터슨은 그곳에서 우연히 일본인 관광객을 만난다. 시인, 윌리엄 칼로스 윌리엄스의 발자취를 찾아온 일본인 관광객은 자기처럼 윌리엄스의 시를 사랑하는 패터슨에게 노트를 한 권 선물하고 떠난다. 노트를 받은 패터슨은 다시 그 빈 종이에 시를 써나가기 시작한다.

낮술낭독회는 내게 어떤 의미일까, 생각하다 영화 〈패터슨〉이 떠올랐다. 윌리엄스를 좋아하는 친근하고 낯선 누군가가 패터슨에게 내민 빈 노트. 내게 낮술낭독회는 그런 곳 같다. 책을 좋아하지만 책을 만들면서 자꾸 '책을 읽으며 살아가는 법'을 잃어버리는 내게 빈 노트를 내미는 모임.

누구보다 책과 가까운 일상을 사는데 어째서 자주 책 읽는 법을 잃어버릴까. 책 만드는 일을 너무 열심히 하면 책을 편집하고 나서 가슴이 텅 비어버리는 것 같다. 뭔가 더 읽거나 쓰고 싶다는 의욕이 사라지고, 내가 책을 싫어하는 것은 아닌가 의심한다. 그러다가 멤버들이 들고 온 책을 낭독할 때 내 안에서 다시 읽고 싶은 순수한 의욕이 차오르는 것을 느끼며 안도하기도.

우리는 서로의 서술자

안녕하세요. 신새벽의 친구 이정화입니다. 민음사

이정화

해외문학팀에서 일하고 있는 편집자이기도 합니다. 저는 오늘 여러분께 '철학과 편집의 나날'에 대한 이야기를 들려드릴 예정인데요. 사실 여기서 '철학'이란 단어가 들어간 것이 부끄럽기도 합니다. 최근 철학책을 거의 읽지 않거든요. 그래서 사실상 제 이야기의 제목은 '신새벽과 함께한 철학과 편집의 나날'이 아닐까 싶습니다. 그 와중에도 철학을 제목에 넣은 이유는 이어지는 이야기에서 자연스럽게 하겠습니다.

　제가 신새벽을 처음 안 것은 사람이 먼저가 아니고 '신새벽'이란 이름이었습니다. 당시 저는 소설 합평을 함께하는 친구들과 '내적자신감 회복을 위한 독립출판 프로젝트' 《냄비받침》❖이란 독립 잡지를 만들었습니다. 그날도 입고하러 연남동 서점에 갔다가 책장에서 우연히 《비문》이란 인문 잡지를 발견했어요. 우선 판형에 관심이 갔어요. 당시로서는 드물게 상당히 작았거든요. 책을 펼쳤는데 6~7포인트는 될까 싶은 작은 명조체 글자가 너무나 또렷하게 눈에 들어왔지요. 앞뒤로 살피

❖ 잡지 제목인 냄비받침은 합평 멤버 중 하나가 "이런 잡지를 누가 읽겠어?" 하자 다른 멤버가 "안 읽으면 냄비받침으로 쓰라고 하면 되지." 해서 생겨난 이름이다.

고 후루룩 넘겨 보니 만듦새에 군더더기가 하나도 없었어요. 저는 보통 책을 펼치면 차례와 판권을 먼저 보는데, 차례를 읽어보니 주제 아래 배열되는 글 제목이 예사롭지가 않았어요. 뭐라고 해야 할까. 상당히 엉뚱하고 내성적이었지요. 누가 이런 걸 만들었을까. 판권 페이지를 펼쳤어요. 그때 '신새벽'을 읽었지요. '신새벽, 신새벽이 누굴까. 당연히 가명이겠지. 새벽을 좋아하나 보네.' 뭐 이런 생각을 하고는 집에 와서 《비문》에 실린 글들을 찬찬히 읽었는데 재밌었어요. 어딘가 다들 음지에서 지내다가 양지로 글 하나 툭 띄워 올린 듯한 느낌이었습니다.

며칠 후 학교 논문실 근처 카페에서 친구 '보라'와 차를 마시며 제가 《비문》 얘기를 꺼냈어요. 그러고는 신새벽이 누군지 궁금하다고 했지요. 그때 보라가 그랬어요. "언니, 그거 내 친구가 편집한 거야. 나도 여기에 글 실었어." '역시 편집자였구나.' 그런 생각을 했지요. 그렇게 보라를 통해 새벽을 만나게 되었습니다. 그 후로 자연스레 알게 되었죠. 아, 이 친구가 술을 참 좋아하는구나. 그래서 2017년 제가 '서팩'이란 단체에서 '낮술낭독회'

라는 모임을 만들었을 때 새벽을 초대하게 된 것이죠.

낮술낭독회는 한두 달에 한 번쯤 낮에 모여 술 마시면서 각자 가져온 텍스트를 낭독하는 모임인데요. 여기서 방점은 낭독보다 낮술에 있습니다. 낮에 만나 그냥 술만 마시기 뭐하니까 낭독이라도 하자, 뭐 그런 취지입니다. 낮술낭독회가 무려 8년간 이어진 건 새벽의 공이 정말 큽니다. 잊을 만하면 새벽이 낮술낭독회 하자 청했거든요. 그리고 지금은 뜸한 독립 큐레이터 (자칭 폐업 중이라지만 제일 바쁜) 현주의 공도 크고요. 술을 좋아하는 셋이 낮에 만나 전시 얘기 책 얘기하면 그냥 낮술낭독회가 되는 거니까요.

다시 돌아가서, 2019년에 저는 국립현대미술관 문화재단에서 일을 하게 되었어요. 당시가 국립현대미술관 50주년이 되는 해여서, 〈광장: 미술과 사회 1900~2019〉라는 전시를 전체 관에서 대대적으로 하게 되었는데요. 그때 저는 통합 도록의 책임 편집을 맡게 되었습니다. 당시 서울관의 '광장전' 기획을 맡은 학예사와 친해져서 이런저런 이야기를 하다가, 그분이 저에게 『나와 타자들』이란 책 얘기를 꺼낸 거예요. 최근 이 책을 읽었는데 너무 좋아서 전시 섹션에 『나와 타자들』의 메시지를 넣었다고요. 그때 전에 보라가 그랬듯이 제가 이 말을 했지요. "학예사님, 그거 내 친구가 편집했어요!" 그 이후 그분과 줄곧 『나와 타자들』 이야기를 이어갔고, 새벽과도 연결해주었습니다.

여기서 잠깐, 『나와 타자들』을 간략히 소개하겠습니다. 오스트리아의 철학자이자 저널리스트인 이졸데 카림이 타자 혐오의 배경이 되는 다원화 과정을 추적하며 민족주의가 어떻게 부상했는지, 이민자 혐오, 좌파 포퓰리즘 현상이 어떻게 확대되었는지를 살핍니다. 그러면서 다원화 사회에서 나라는 주체와 타자가 어떻게 공존할 수 있는지를 통찰하는 철학서예요. 저는 이 책에서 이 부분이 가장 인상적이었는데요. 바로 스위스나 오스트리아 등지에 있는 '만남 구역'이라는 교통 규약의 사례입니다. 이 구역에서는 자동차가 20킬로미터로 다니고 보행자의 안전이 가장 우선시되는데요. 카림은 이처럼 아무런 권위가 개입하지 않으면서 구성원들이 스스로 움직이는 공간. 타자를 적대시하지 않으면서 개인이 자유로운 이 '만남 구역'을 타자 적대가 양산되는 오늘날 온·오프라인 공간의 대안으로 제안하지요.

지금까지 이야기에서 두 번 나온 문장이 있지요. 바로 이것입니다.

"그거 내 친구가 편집했어요!"

편집자인 우리는 이렇게 책으로 연결된다는 걸 이 문장으로 전할 수 있을 듯합니다. 편집자는 책 한 권이 나오기까지 작가나 역자의 뒤에서 모든 일을 합니다. 작가의 이름과 텍스트 뒤에서요. 그의 첫 독자고 매니저고 큐레이터고 진행자고 리뷰어죠. 그런 우리가 호명되는 건 이 문장을 통해서입니다. 다정한 누군가가 '그거 내 친구가 편집했어요.' 하고요.

다시 돌아가서, 이번에는 이 책 이야기를 해볼까 합니다. 에바 폰 레데커의 『삶을 위한 혁명』입니다. 이 책은 임보라가 번역했고 신새벽이 편집한 철학 에세이입니다. 독일 철학자인 에바 폰 레데커가 아렌트의 행위 이론과 마르크스의 최신 발굴 문헌, 그리고 오드리 로드에서 올가 토카르추크까지 동시대 철학과 문학의 레

퍼런스를 통해 지금 일어나고 있는 혁명, 그러니까 삶을 위한 혁명에 대해 이야기하는 책입니다. 에바는 세상이 사라지길 바라는 유토피아는 잘못된 것이고 지금은 새로운 형태의 실천주의가 등장했다고 주장하지요. 이런 것입니다. "지배하지 말고 기르자. 착취 대신 공유하자. 채굴을 멈추고 재생하자." 그러면서 지금 할 수 있는 것을 하는 것, 그것이 혁명이라고 말합니다. 저는 에바의 이 주장이 참 좋은데요. 공동체와 거리를 두기 위한 새로운 자유를 위해선 더 큰 연결성이 필요하다. 마르크스의 표현처럼 "인간은 공동체 안에서만 고립될 수 있는 동물"이니까요.

며칠 전 저는 에바 폰 레데커와 신새벽, 임보라 이 셋이 진행한 온라인 북토크에 참관했습니다. 그때 에바가 2022년에 제가 편집한 올가 토카르추크의 『다정한 서술자』를 언급했어요. 그러면서 자신은 올가의 팬이라고 하더라고요. 그 책을 편집한 저는 기뻤습니다. 『다정한 서술자』는 노벨문학상 수상자인 올가 토카르추크가 팬데믹 기간에 발표한 에세이와 칼럼, 강연문 등을 모은 책인데요. 탈중심주의, 대안적인 삶, 동물권 그리고 전 생명체를 연결하는 글로벌 휴머니즘을 제안하는 내용이 담겨 있습니다. 이 책에서 토카르추크는 '다정한 서술자'가 세상을 변화시킨다고 주장하는데요. 저는 책에서 이 꼭지를 참 좋아합니다. "다정함이란 우리를 서로 연결해주는 유대의 끈을 인식하고 상대와의 유사성 및 동질성을 깨닫게 해줍니다. 이 세상이 살아 움직이고 있고, 서로 끈끈하게 연결되어 있으며, 더불어 협력하고 상호 의존하고 있음을 인식하게 합니다."❖ 토카르추크에 따르면 문학의 우주에서 작가는 창작으로, 독자는 끊임없는 독서와 해석으로 각자 자신의 역할을 수행하며 동등한 비중을 차지합니다. 우리가 매 순간 책을 펼칠 때마다 놀라운 기적이 일어나지요. 독서를 통해 잠시나마 타자의 삶을 살아본 사람은 그렇지 않은 이보다 인식의 폭을 넓히고, 새로운 대안 세계를 일구는 창의력을 키울 수 있습니다. 그래서 책을 쓰는 이도 읽는 이도 모두 우리 시대의 서술자입니다.

　　이처럼 토카르추크는 우리 모두 다정한 서술자가

❖ 올가 토카르추크, 최성은 옮김, 민음사, 2022, 364쪽

되어야 한다고 말하는데요. 세 사람의 북토크를 보면서 '서술자'로서의 신새벽을 떠올렸습니다. 새벽은 때때로 (불)가능을 경험하지만 개인을 만나고 그 개인을 연결하려고 노력해온 서술자입니다. 새벽의 연결에 언제나 동의하는 것은 아니지만 그게 얼마나 힘들고 가치 있는 노력인지는 알고 있습니다. '누군가와 연결되려는 동시에 연결하려는 신새벽 안의 다정한 서술자를 나는 그동안 지켜봤구나. 그 (불)가능한 연결의 노력은 새벽이 읽고 편집한 철학적 텍스트에 대한 실천일 수 있겠구나.' 그런 생각이 들었습니다. 우리는 그렇게 책으로 연결됩니다. 지난번에 참여한 '철학책 독서 모임' 연말 파티에서 저는 디디에 에리봉의 『랭스로 되돌아가다』를 추천받아 감명 깊게 읽었습니다. 최근 문학에 편중되어 독서하던 제게는 이 철학 에세이가 인문책을 다시 읽기로 마음먹게 된 계기가 되어주었습니다.

좋은 책을 번역한 보라
그 좋은 책을 편집한 새벽
그 좋은 책 안에서 연결된 에바와 토카르추크

그렇게 '서술자'인 우리는 세상에 좋은 영향을 주는 책을 쓰고 번역하고 편집합니다. 우리는 그렇게 서로 연결되어 있습니다. 서로를 호명하고, 서로를 읽고, 번역하고, 이야기하면서, 서로가 서로에게 다정한 서술자가 되어줍니다. 어쩌면 우리의 이러한 느슨한 연대가 이졸데 카림이 말한 '만남 구역', 에바 폰 레데커가 말한 '새로운 자유를 얻기 위한 더 큰 연결성', 올가 토카르추크가 말한 세상을 구하는 '다정한 서술자'의 맥락과 공명하는 것 같습니다. 감사합니다.

어느 멋진 파티의 여러 청중 앞에서 발표한 이 글의 제목은 '신새벽과 함께한 철학과 편집의 나날'이지만 '신새벽과 함께한 낮술낭독회의 나날'로 제목을 바꾸어도 무방하다. 또 새벽과의 에피소드가 소개된 글이지만 한솔, 기현, 세영, 은에 대해서도 쓸 수 있으며, 맺음말은 같은 맥락으로 마무리될 것이다. '우리는 다정한 서술자로서 서로 연결되어 있다.'

어느 때는 이런 질문을 받는다. "회사 동료와 어떻게 주말에도 만나서 놀 수 있어요?" "사회에서 만난

사람과 두터운 우정을 유지할 수 있을까요?" 짓궂게는
"회사 동료를 친구라고 할 수 있나요? 그저 친구인 척
하는 것 아닌가요?" 그런 질문의 이면에는 경계심과 가
식을 요구받는 우리의 사회적 자아가 있을 것이다. 약점
을 보이면 안 되고 실수하면 안 되고, 유능해 보여야 하
고 강해 보여야 하고 등등. 승자독식 사회에서 회사 동
료와 우정을 나누는 친구와의 간극은 점점 멀어지는
것처럼 보인다. 하지만 우리가 서로의 다정한 서술자임
을 생각하면, 우리는 어느 경우든 다정하거나 솔직해질
수 있고 우정을 나눌 수 있다. 우리는 모두 자기 자신의
서술자다. 그러니 서술자로서 자신의 이야기를 타인에
게 들려줄 수 있고, 낭독해줄 수 있고, 타인의 이야기
를 경청할 수 있다. 그 정도의 동의가 있는 이라면 누구
든 만나 낭독회를 열 수 있다. 회사 동료들과 낮술낭독
회를 오래 지속할 수 있었던 이유도 이 문장과 무관하
지 않다. 지난 시간 내가 만난 이들은 하는 일도 나이도
처지도 상황도 다르고, 한국이나 외국, 회사나 학교에
서 만나기도 했지만 '낮술낭독회'라는 느슨한 연대 안
에서 서로에게 다정한 서술자였다. 그래서 이래서 이러

니 저래서 저러니에 연연할 필요없다. 마시면 그뿐, 읽으면 그뿐, 낭독하면 그뿐, 들어주면 그뿐 아닌가.

나의 해방 낭독

드라마 〈나의 해방일지〉에서 조이카드 디자인팀 계약직인 염미정은 조이카드 행복지원센터 담당자에게 회사 동호회 가입을 권유받지만 어디도 들고 싶지 않다. 경기도에 사는 탓에 출퇴근만 왕복 네 시간이 걸리고, 사내 권력에 밀려 번번이 정규직 채용이 좌절되고, 팀장은 갑질을 한다. 게다가 사내 커플이었던 전남친에게 대출을 해주었다가 상대가 돈을 갚지 않아 연체 독촉에 시달리고, 비정규직인 탓에 추가 대출도 받지 못해 적금까지 깨야 하는 염미정은 사는 게 끔찍하고 인간이 싫고 회사가 지긋지긋하다. 사내 모임 담당자는 성과를 내고 싶어서 동호회에 들지 않는 직원들을 닦달하고, 결국 의욕 없고 내성적인 셋 염미정, 조 과장, 박 부장은 떠밀리듯 '해방 클럽'이라는 사내 모임을 만든다. 그들은 노트에 해방 일지를 작성해서 모임 때마다 돌아가며 읽기로 한다.

조이카드 경영법무실 조태훈 과장은 아내와 사별하고 누나와 함께 사춘기 딸을 키우며 살고 있다. 아내가 죽은 뒤 딸과도 서먹해진 그는 딸을 어떻게 대해야 할지, 자기는 어떻게 살아야 할지 몰라 상심해 있다.

조이카드 전략기획실 박상민 부장은 겉보기엔 부침이 없어 보이지만 어느 순간 일에 의욕을 잃었고 삶은 권태롭기만 하다. 이 셋의 접점은 해방이다. 어느 날 불쑥 나타나 아버지의 조악한 가구 공장에서 일하는, 매력적인 알코올중독자 구 씨에게 (사실 그는 클럽을 운영하던 조폭인데 신분을 숨기고 살고 있다.) 뜬금없이 "나를 추앙하라." 요구하는 염미정은 주눅 들어 사는 자기 자신에게서 해방되고 싶다. 조 과장은 아내에 대한 애도에서 해방되고 싶다. 지극히 내성적인 해방 클럽의 멤버들은 해방 일지를 쓰고 그것을 타인에게 읽어주는 과정에서 느리지만 천천히 각자의 무게로부터 해방되어간다.

해방 클럽의 모습은 내가 지향하는 모임의 풍경과 닮았다. 사람이든 삶이든 획기적으로 나아지지는 않기에 상태가 좋지 않을 때는 모든 게 무리로 느껴진다. 힘이 없는 사람에게 힘내라는 말도 부담일 수 있고, 나서기 싫어하는 사람에게 주는 관심도 부담일 수 있고, 처지나 상황을 모르면서 조언 비슷하게 하는 말도 잔소리일 따름이다. 그저 그의 모습과 상태 그대로 와서, 그가 읽는 글을, 그가 하는 말을 경청하는 풍경. 그가 읽는 글, 그가 하는 말에 한정해서 내 느낌이나 생각을 조응하는 배려가 있는 곳. 사내 모임이든 사적 모임이든 둘이든 셋이든 모였을 때 무리가 되지 않게 흘러가는 시간 속에서 각자가 원하는 삶을 응원하는 풍경. 낮술 낭독회도 그런 풍경이기를 바란다.

힘든 이와 함께 읽는 법

모임을 주도하는 나에 대해 주변인들이 종종 오해하는 부분이 있는데, 사실 나는 다정하지 않을뿐더러 사람을 무서워하는 편이다. 다정함과 사람 좋아하는 기질을 타고난 사람은 애쓰지 않아도 가능할 것 같은데,

내 경우는 다정하려고, 사람이 무섭지 않은 척하려고 애쓰는 축이다. 어릴 때부터 강박감이 있던 나로서는 가장 불안한 것이 변수인지라 새로 일을 벌이거나 모임에서 새로운 사람을 만날 때마다 큰 도전을 하는 마음이다. 생각해보면 인생의 변곡점마다 도전이 있었다.

자신감이 극도로 결여되어 있던 시기, 이를 극복하고 싶어서 글쓰기 모임 멤버들과 함께 독립 잡지를 만들었다. 번아웃이 찾아와 책에 환멸이 나던 시기에 낮술낭독회를 만들었다. 이런 일을 벌이면서 나의 불안과 맞서고 싶었다. 젊은 날 극도의 불안에 져서 반년간 집 밖을 나가지 않고 사람들과의 교류도 끊었던 경험이 있는데 처참했다. 바깥 세상은 내 마음속에서 점점 더 좀비가 들끓는 아수라장으로 변모했다.

가까스로 빠져나온 이후부터 스스로에게 지고 싶지 않은 마음이 생겼고, 어려움에는 등을 보이는 것보다 얼굴을 마주하고 눈빛을 교환하는 편이 긍정적인 결과를 가져온다는 마음을 키웠다. 최근 본 드라마 〈미지의 서울〉에서 씩씩해 보이던 미지가 3년이나 자기 방에 틀어박혀 지내다가 할머니를 구하려고 죽을힘을 다해

맨발로 바깥을 향해 내딛던 두 발. 미지보다 짧은 시기를 집 안에서 보냈지만 그 두 발을 내딛기까지의 고통은 알 것 같다. 평범한 일상에 블라인드를 친 순간 다시는 돌아갈 수 없을 것이라는 불안과 절망이 몸도 마음도 무너뜨린다. 처음엔 마음만 무너지지만 어느 시기가 되면 아무리 노력해도 몸이 마음대로 되지 않아 그것 때문에 또다시 마음이 무너진다.

그 힘든 시기 나를 일으킨 것은 미지처럼 친구의 위로, 가족의 보살핌이었다. 그렇게 방문을 열고 사람들과 다시 교류한 후에는 나 자신에게 더는 실망의 경험을 주기 싫었다. 실망도 지긋지긋하고 절망은 더 지긋지긋했다. 현실이 더 나아지지 않을 수 있지만 더 나빠지지 않을 수도 있다는 믿음을 가지려고 애썼다. 상황이 내게 유리하지 않아도 루저가 아니라는 정신으로 무장하고 싶었다. 전에는 무장할 때만 주변인을 만났는데 지금은 용감해져서 루저일 때도 사람을 만난다.

밝거나 외향적인 사람도, 무탈해 보이는 사람도 무장을 한다. 끝까지 강한 사람은 없다. 정도의 차이는 있지만 비판보다 인정받고 싶다. 대부분 아무렇지 않게 넘기는 말도 소화가 안 되어 앙금으로 남기도 한다. 사는 모습도 빈틈의 모습도 다를 수밖에 없다는 걸 알고 인정한 뒤부터 사람 대하기가 조금 편안해졌다.

햇수로 8년이나 낮술낭독을 했으니 멤버들끼리 화기애애할 것만 같지만 그렇지도 않다. 낮술낭독회가 모임을 위한 모임이 아니게 된 건 지난 시간의 우여곡절이 남긴 나머지에 가깝다. 처음에는 서로 격의를 지키다가도 시간이 무르익을수록 말실수를 하거나 평소의 앙금을 터뜨리기도 했다. 그래서 낮술낭독회에서는 낮술과 낭독의 수위가 중요한 것 같다. 낮술이 과해도 좋지 않고 낭독이 과해도 좋지 않다. 사내 모임이다 보니 때로는 일 얘기나 회사 사람 이야기가 과해질 때도 있고, 문학과 인문 편집자들 사이의 신경전 비슷한 긴장감이 감돌 때도 있다. 그럴 때 낭독이 과하면 낮술로 중화시키고 낮술이 과하면 낭독으로 중화시킨다. 일 얘기가 과하면 사적 얘기로 중화시키고 사적 얘기가 과하면 문학이나 철학적 담론으로 중화시킨다. 이 섞임은 서로서로 집단 지성을 발휘해서 만들어간다.

낮술낭독회가 오래가는 이유 중 하나는 어쩌면 단

순하다. 낮술을 좋아하고 낭독을 좋아하는 이들이 모여 있어서. 좋아하는 걸 하면 싫어하거나 힘든 걸 하기에 수월하다. 좋아하기 때문에. 좋아하는 사람과 만나면 그 사람의 싫은 점을 견딜 수 있고, 그 싫은 점 때문에 힘들어도 결국은 그가 좋아서 넘어가게 된다. 좋아하는 사람을 만나 좋아하는 걸 해야 힘든 게 쉬워진다. 읽고 싶은 사람을 만나야 듣고 싶다. 드라마 속 구 씨가 염미정에게 말하듯, 나는 당신을 추앙합니다.

목소리로 만나는 우리

얼마 전 음악 프로그램에 나온 가수 김광진을 우연히 봤다. 다른 일을 하다 티브이에서 〈진심〉이 흘러나와 시선을 화면에 돌렸는데 화들짝 놀랐다. 이제 예순에 접어든 그의 변한 모습 때문이 아니라 의상 때문에. 앙드레 김의 거인처럼 부풀린 어깨 뽕에 화려한 문양과 현란한 색채를 연상시키는, 흰 바탕에 검은색 도트가 허리까지 내려오는 재킷. 중세풍 소시지 바지를 입고 굵은 뿔테에 단발 펌을 하고 나온 김광진의 모습에 눈을 의심했다. 저 사람이 김광진이라고? 아! 그동안 무슨 일이 있었나. 미친 걸까. 초대 가수가 만나고 싶은 가수를 지목해서 그의 대표곡도 듣고 함께 듀엣도 하는 프로그램이었는데, 가수 정준일이 만나고 싶은 뮤지션으로 김광진을 지목했다. 진행자가 요즘 유튜브에서 김광진 씨 의상이 화제라며, 댓글에는 김광진 씨가 납치되어 협박받아 그런 옷을 입고 나오는 것이 아니냐, 맞으면 대답은 하지 말고 오른쪽 눈을 깜박이라고 한다고. 그랬더니 김광진이 그게 아니고, 몇 해 전부터 음악 활동을 다시 하게 되었는데 의상 담당자가 이런 옷을 준비했다고. 처음엔 거절했지만 재밌을 것 같아서 한번 입고 무대에서 노래를 부르자 팬들이 좋아해서 계속 입게 되었다고. 오늘 의상 담당자와 함께 왔다며 그는 무대 아래편을 가리켰다. 휴우, 다행이다. 김광진의 의상은 그의 노래를 잘 모르는 MZ세대에게 화제가 되어 유튜브 조회수가 오르는 중이라고.

그날 김광진은 정준일과 〈마법의 성〉도 부르고 〈동경소녀〉도 불렀는데, 김광진에 대한 격정을 떨친 나는 이후 맘 편히 노래 가사에 귀를 기울였다. 그러고는 또 한번 놀랐다. 김광진의 목소리가 하나도 안 변해서. 맑은 미성에 기교 없는 김광진의 목소리는 어린 시절 좋아했던 그 목소리 그대로였다. 노래를 부르는 그의 눈빛과 목소리에서 여전히 진심이 느껴졌다. 자신의 소중한 것을 잘 지켜낸 느낌. 그렇게 보니 그의 의상 역시 팬을 향한 정성인 것 같아 거슬리지 않는다. 세월이 지나도 변함없는 목소리를 지닌 사람은 자기 내면을 잘 지키며 산 사람 같아 믿음이 간다. 가사는 또 얼마나 와닿는지! 목소리는 그가 보여주는 것 이상을 드러낸다. 톤과 색깔, 어조, 호흡을 자르는 그만의 습관을 통해 어느 때는 상대에게 말하지 않은 또 다른 이야기를 들려주는 것 같다. 상대의 목소리가 내 귀에 좋게 들리면 밑도 끝도 없이 호감이 간다. (피싱 주의.) 아, 나도 목소리가 좋은 사람이고 싶다.

낮술낭독회의 장점 중 하나, 동료의 목소리를 집중해서 들을 수 있다. 대화하거나 잡담을 떨 때 나누는 목소리도 좋지만 텍스트를 낭독할 때 동료의 목소리는 보다 선명하게 들린다. 멤버들의 목소리를 떠올려본다.

한솔. 솔의 목소리는 햇빛 쨍한 날 원두막에서 수박을 먹으며 읽는, 그림책 속 호기심 많고 귀여운 아이 같다. 바닷가에서 헤엄치며 물고기와 불가사리를 탐구하고, 산속을 걸으며 버섯과 나물을 채취하고, 너른 갯벌에 떼 지어 모여 있는 새들을 관찰하는. 우리에게 책을 읽어줄 때 한솔의 목소리는 똘망똘망하고 다정하다. 한솔의 목소리는 생물적이다.

새벽. 새벽의 목소리는 겨울 새벽, 아무도 걷지 않은 하얀 눈밭 위에 가늘고 선명한 발자국을 내며 걸어다니는 장난꾸러기 까치 같다. 어디로 향할지 모르게 사뿐거리다가 푸다다닥 날개를 치고, 느릿느릿 성큼성큼 걷는가 하다가 멈추어 털을 고르는. 우리에게 책을 읽어줄 때 새벽은 단어를 또박또박 명확하게 읽고 어느 대목에선 톤의 강약을 분명하게 한다. 새벽의 목소리는 선언적이다.

기현. 기현의 목소리는 도심 천변에 불현듯 날아와 무심히 유영하고 볕을 쬐는 두루미 같다. 나른하면서 귀엽고 요정미가 넘친다. 현실계와 상상계를 아무렇지 않게 오가며 지루할 틈 없이 공상을 자극한다. 기현이 책을 읽으면 어느 글이든 기현이 쓴 것처럼 찰지게 들리고 무한한 호감형으로 바뀌어 마음이 무장해제된다. 나도 그 책을 사서 읽고 싶어진다. 기현의 목소리는 기현이 쓴 소설만큼 무심하고도 예리하다. 기현의 목소리는 경계적이다.

세영. 세영의 목소리는 봄날, 아침과 저녁으로 창밖 풍경을 내다보는 고양이 같다. 고양이가 바라보는 풍경에는 무엇이 보일까. 아침에는? 저녁에는? 세영이 책을 읽어주면 친근하다가 멀어지고 명료하다가 의문이 생기고 바깥이다가 안이 된다. 세영의 목소리는 오래 담았다가 뱉어내는 기지가 담겨 있으며 강직함과 유연함이 이어진다. 세영의 목소리는 직관적이다.

현주. 현주의 목소리는 조지아 지방에서 난 포도로 빚은 와인 같다. 동유럽의 태양과 캅카스의 대지가 조합한 곡물과 포도의 조율처럼 이국적인 이미지들로 풍미 넘치게 생기를 가져다준다. 현주가 책을 읽어주면 텍스트와 이미지의 경계가 사라지고, 홀연히 어디든 떠날 수 있을 만큼 가벼워지며, 듣는 이의 마음에 리듬이 생긴다. 현주의 목소리는 선물이다.

은. 은의 목소리는 어느 작가가 빈 캔버스에 처음으로 내리그은 붓 자국 같다. 망설임의 끄트머리에서 고른 사유가 발현되는 은은한 울림. 은의 목소리는 신중하게 조탁하여 다듬어낸 언어와 함께 사려 깊은 운동성까지 포함되어 있어서 귀하게 들린다. 은의 목소리는 독립적이다.

목소리로 만나는 우리. 우리는 서로의 목소리를 선물하고 선물받는다.

#3

베스트 낭독 어워드

낮술낭독회 모임은 이런저런 변주와 협업을 시도해왔다. 친구 초대하기 이벤트를 하기도 하고 미술 작가들과 함께 낭독을 하기도 했는데, 하나같이 즐거운 추억으로 남아 있다. 새로운 이들과 함께하는 낮술낭독회에서 특히 좋은 건 특색 있는 개개인의 '목소리'로 텍스트를 경청하는 경험이다. 그만의 목소리와 어조, 발음의 특이점은 그 사람의 이면을 드러내기도 한다. 활달해 보이는 이가 자못 신중하게 글을 읽으면 마치 고백을 듣는 기분이 들기도 하고, 과묵한 이가 책에 대해 이야기할 때 보이는 활기는 그의 마음속 깨발랄을 엿보는 듯하다.

내 경우 기획하는 프로젝트에도 낭독을 접목하곤 한다. 근사한 장소에서 멋진 이들이 낭독하는 텍스트는 독자나 프로그램 참여자에게 입체적 경험을 선사한다. 낭독은 특히 고전 읽기에서 중요한 역할을 한다. 셰익스피어의 희곡을 낭독으로 들으면 극적 긴장과 언어의 결이 잘 살아 의미 전달에 큰 도움이 된다. 조선 시대 전기수가 환생한 듯 동료가 읽어주는 구전 동화 역시 글의 감칠맛을 톡톡히 살린다.

어릴 때 기억에서 책은 누군가가 읽어주거나 내가 소리 내어 읽는 것이었다. 그림보다 글이 많은 책으로 넘어가면서 묵독이 더 자연스러워졌고, 어느 순간 책을 낭독하는 건 선생님이 시켜서 친구가 읽는 교과서 정도라는 식으로 전이된 듯하다. 낭독이 눈과 귀와 울림으로 보고 듣고 감각하는 멀티 독서임을 알게 되면 자연스럽게 혼자서도 소리 내어 읽게 된다. 기억에 남는 낭독의 순간을 몇 가지 떠올려본다.

1. 연극 배우의 셰익스피어 4대 비극 낭독

최근에는 오프라인뿐 아니라 온라인을 통해서도 강의 프로그램을 여는데, 그날 강연자는 셰익스피어 전집을 번역한 최종철 역자의 4대 비극 강의였다. 셰익스피어 4대 비극에 대한 풍부한 정보와 함께 비극 대사의 백미를 참여자들에게 전달하고 싶었다. 그래서 구성한 제목이 '공연 못 본 당신을 위한 셰익스피어 4대 비극 강의+낭독극'이었다. 최종철 역자가 『햄릿』, 『오셀로』, 『맥베스』, 『리어 왕』 강의를 각각 20여 분씩 하고 나서 명대사를 발췌하여 연극 배우 두 분에게 낭독을 청했다. 예컨대 '존재'에 관한 햄릿의 명 대사와 맥베스의 '투모로 스피치'를 연극 배우의 발성으로 듣는다고 상 상해보자.

❖ 윌리엄 셰익스피어, 최종철 옮김, 『햄릿』, 민음사, 2001, 95~96쪽

> **햄릿** 존재할 것이냐, 말 것이냐, 그것이 문제다.
> 어느 게 더 고귀한가? 난폭한 운명의
> 돌팔매와 화살을 맘속으로 맞는 건가
> 아니면 무기 들고 고난의 바다와 맞서다가
> 끝장을 보는 건가? 죽는 건 자는 것
> 그뿐인데, 잠 한 번에 육신이 물려받은
> 마음의 고통과 수천 가지 타고난 갈등이
> 끝난다 말하면 그건 바로 경건히 바라야 할
> 결말이다. 죽는 건 자는 것, 자는 건
> 꿈꾸는 것일지도―아, 그게 걸림돌이다.
> 왜냐하면 이 죽음의 잠 속에서 무슨 꿈이
> 뒤엉킨 인생사를 다 떨쳐버렸을 때
> 우리를 찾아올지 생각하면 망설일 수밖에―
> 그래서 불행의 생명은 끝없이 이어진다.❖

맥베스　내일과 또 내일과, 내일과

또 내일이

이렇게 쩨쩨한 걸음으로, 하루, 하루,

기록된 시간의 최후까지 기어가고

우리 모든 지난날은 죽음 향한 바보들의

흙 되는 길 밝혀줬다. 꺼져라, 꺼져라, 짧은 촛불!

인생이란 움직이는 그림자일 뿐이고

잠시 동안 무대에서 활개치고 안달하다

더 이상 소식 없는 불쌍한 배우이며

소음, 광기 가득한데 의미는 전혀 없는

백치의 이야기다.❖

❖윌리엄 셰익스피어,
최종철 옮김, 『맥베스』,
민음사, 2004, 123쪽

근사하지 않은가. 실제로 강의와 함께 명대사 낭독을 함께 들으니 4대 비극에 대한 이해도도 높아지고 강의 집중도도 올라갔다는 피드백이 많았다. 연극 무대 위 배우의 연기를 보는 느낌이었다는 후기도 있었다.

2. 『그림 동화』 출간 기념 낭독극

야코프 그림과 빌헬름 그림 형제가 쓴 『그림 동화』

완역본 특별판 출간을 기념해서 전영애 역자가 지은 여백서원에서 독자들과의 행사를 기획했다. 제목은 '여백서원 × 그림 동화 올데이 투어'. 일정은 이러했다. 하나, 오전에 일행은 여백재에 보관되어 있는 다양한 국가의 문학작품 및 관련 서적과 20세기 초 영남 반가에서 내려오던 규방가사 필사본 등 옛 책을 구경하고 이에 얽힌 이야기를 듣는다. 둘, 여백서원의 뜰에서 삼삼오오 모여 식사를 나누고 서원의 초석이 된 정자인 '시정'을 거닐며 자유 시간을 갖는다. 셋, 괴테의 지혜와 사랑이 담긴 노년기 시편들을 읽으며 서원 전체를 감싸는 숲길인 '괴테길'을 걷는다. 넷, 젊은 괴테의 집으로 이동해서 부산 동서대 연기과 학생들이 만든 동아리 '허밍버드'의 『그림 동화』 낭독극을 감상하고, 전영애 역자의 강연을 듣는다. 서원의 아름다운 전원을 거닐다가 『그림 동화』 낭독을 듣는 기분이 어떠했을까. 청년 연극 배우들의 연기로 이런 이야기를 듣는다면.

눈이 많이 내린 어느 겨울날, 가난한 한 소년이 나무를 하기 위해 썰매를 타고 나가야 했다. 소년은 나무를 모아 썰매에 실었지만 추위에 몸이 얼어 집으로 가지 않고 우선 불을 지펴 몸을 좀 데우려 했다. 그래서 땅바닥의 눈을 긁어내다 금으로 된 작은 열쇠 하나를 발견했다. 그때 소년은 열쇠가 있는 곳에는 자물쇠도 있겠거니 생각하고 땅을 파보았고, 작은 철제 상자를 찾아냈다. 소년은 생각했다. '열쇠가 맞기만 하다면 상자 안에는 분명히 귀한 물건들이 들었을 거야!'

소년은 열쇠 구멍을 찾아보았지만 구멍이 없었다. 드디어 구멍 하나를 발견했는데 너무 작아 눈에도 보이지 않을 정도였다. 소년은 열쇠를 꽂아보았고, 다행히 열쇠가 잘 맞았다. 그러고 나서 열쇠를 한 바퀴 돌렸다. 이제 우리는 자물쇠가 완전히 풀리고 소년이 뚜껑을 열 때까지 기다려야 해. 그러면 상자 안에 어떤 놀라운 것들이 들어 있는지 알게 될 거야.❖

❖ 야코프 그림, 빌헬름 그림, 전영애·김남희 옮김, 『그림 동화 2』, 민음사, 2023, 760~761쪽

이날은 어린이 독자들도 많이 참여했는데 이날 낭독한 대여섯 편의 동화를 듣는 이들의 초롱한 눈망울

과 웃음, 호응의 활기는 준비한 이들을 뿌듯하게 했다. 그림 형제의 이 말이 실감 나던 순간이었다. "이야기는 자라난다, 널리 퍼진다."

3. 카프카 사후 100주기 기념 카프카 낭독의 밤

프란츠 카프카 사후 100주기를 기념해서 뜻깊은 행사를 함께하자는 독일문화원의 제안에 생각난 것이, 문인들의 셀럽 카프카를 함께 낭독하면 어떨까였다. 그래서 '카프카 낭독의 밤'을 열었다. 마르틴 카스페렉 주한독일대사관 1등 서기관이 '카프카가 오스카 폴라크에게 보낸 편지'를 낭독하고, 이혁진 소설가가 「자칼과 아랍인」을, 전영애 역자가 「법 앞에서」를, 박찬새 시인이 「불행하다는 것」을, 김현주 큐레이터가 「사냥꾼 그라쿠스」를, 김하나 작가가 「유형지에서」를 낭독하고 작품에 대한 감상을 들려주었다. 초집중과 열기 속에서 두 시간이 순식간에 흘러갔다. 마르틴 서기관이 "한 권의 책은 우리 안에 얼어붙은 바다를 깨는 도끼여야 해."를 독일어로 낭독할 때는 카프카의 재림을 눈앞에서 보는 듯했고, 전영애 역자가 "여기서는 다른 그 누구도 입장 허가를 받을 수 없었어, 이 입구는 오직 당신만을 위한 것이었으니까. 나는 이제 가서 문을 닫겠소." 하고 낭독했을 때는 법의 문이 쾅 하고 닫히는 소리가 들리는 듯했다.

4. 『잃어버린 시간을 찾아서』 온라인 낭독회

낮술낭독회와 함께 내가 하는 또 다른 낭독 모임이 '잃어버린 모임'이다. 마르셀 프루스트의 『잃어버린 시간을 찾아서』 13권 전 권 낭독을 목표로 매주 온라인으로 만나 1권부터 돌아가며 낭독하기 시작한 지 3년째. 지금 7권을 읽고 있다. 진행은 이렇다. 매주 한 번, 밤 9시에 줌을 연다. 낭독 순서를 정한 다음 한 사람이 읽고 싶은 만큼 읽다가 멈추면, 다음 사람이 릴레이로 다음 부분을 읽는다. 무료로 허용된 시간인 40분이 채워지면 줌은 자동으로 꺼진다. 진행자가 읽은 부분에 날짜와 낭독자 이름을 적어 사진을 찍은 후 모임방에 올린다. 다음 모임 때는 체크한 부분부터 읽는다. 순전히 낭독으로 전 권을 완독하는 것이 우리의 목표이므로 다 읽을 때까지 매주 모임은 계속된다. 프루스트의 글은 인상적인 언어로 가득 차 있기 때문에 낭독하기에 참으로 적절하며, 사건이 느리게 전개되기 때문에 쉬었다 읽어도 벨에포크 시대의 감수성에 금세 적응된다.

5. 그림 그리는 사람들과 함께한 낭독

수원 푸른지대창작샘터 입주 미술 작가들과 함께한 낮술낭독회는 특별한 기억이다. 그날 모인 멤버들은 낭독 전에 작가들의 작업실을 순회하며 그들의 이전 작업과 전시를 위해 준비 중인 작업의 실물을 보았다. 한 작가의 작업실 책장에 새벽이 편집한 알랭 바디우 『검은색』이 꽂혀 있어서 책 애기로 자연스럽게 전환되기도 했다. 그런 다음 일행은 한자리에 모여 각자 가져온 책을 꺼내 순서대로 낭독하고 대화했는데, 미술 작가들의 시 낭독이 인상적이었다. 낮술낭독회 멤버들은 문학 작품이나 논픽션 단행본을 주로 낭독하는데, 미술 작가들은 평소 본인들이 좋아하는 시집을 가져와 낭독해줘서 참 좋았다. 한 분은 김혜순 시인의 시를 읽어주었는데 때마침 창밖으로 깃든 노을이 여운을 보탰다. 그날 일행은 시를 읽고 미술을 이야기하고, 문학을 읽고 생

활을 이야기하며 작가로서 편집자로서 각자의 '멋진 하
루'를 보냈다.

낭독해주세요!

퇴근 무렵, 전화가 왔다. 편집부로 종종 독자 문의
가 오는데 내게 돌린 걸 보니 고전에 관한 문의인가 보
다. 가끔 난감하거나 집요한 질문을 받을 때도 있어서
독자 전화를 받을 때는 살짝 긴장한다. 이번 상대는 상
기된, 그러나 쿨한 목소리의 남성 독자였다. 그는 책 추
천을 받고 싶어서 전화했다고 용건을 먼저 밝혔다. 책
추천이라. 독자 문의 난이도 '중' 정도. 다음은 통화 일
부 재현.

— 제가 책을 잘 몰라서요. 책 추천을 받고 싶은데
요. 세계문학전집 400여 권 중에서 딱 한 권을
읽어야 한다면 어떤 책을 추천하고 싶으세요?
— 예? 딱 한 권요? 음, 하하. 어려운 질문이네요.

그런데 왜 책을 읽으려고 하세요?

— 제가 지금 중요한 결정을 해야 하는 시기라서
요. 읽으면 똑똑해지고 뭔가 확 와닿고 쉬운 책
이 없을까요?

— 네? 음……. 독자님 실례지만 연령대가 어떻게
되시나요?

— 20대 초반요.

— 아, 그러시군요. 그러면 어떤 게 궁금하세요?
나 자신이 궁금하세요? 아니면 나를 둘러싼 세
계나 어떻게 살아야 하는지가 궁금하세요?

— 읽었을 때 엄청 뭔가가 느껴지는 책을 읽고 싶
어요.

— 독자님, 그러면 헤르만 헤세 어떨까요? 『데미
안』이라든가…….

— 헤르만 헤세요? 『데미안』은 집에 있어서 조금
읽었는데 어려웠어요.

— 그러면 『싯다르타』를 먼저 읽으면 어떨까요? 제
가 최근에 『싯다르타』를 다시 읽었는데요. 그 책
에서 깨달음을 얻는 세 가지 방법을 알려주거

든요. 지금 알려드리지는 않을게요. 읽어보고
세 가지가 뭔지 찾아보세요.

― 오…… 읽을게요. 아, 그리고 천재가 썼다 싶은
책도 추천해주세요. (아까는 딱 한 권만 알려달라더
니.)

― 아무래도 상징과 비유로 세상의 일면을 드러
내는 조지 오웰이 떠오르네요. 『동물농장』이나
『1984』를 읽어보시면 어떨까요?

― 오, 상징과 비유. 그럴듯한데요? 어떤 책부터 읽
을까요?

― 『동물농장』을 먼저 읽고 『1984』를 읽으면 어떨
까요?

― 지금 적고 있어요. 읽어볼게요. (사이, 다급하게)
아, 그리고 사람이 벌레가 되는 소설도 있던데.
제목이 「변신」인가.

― 아, 카프카요? 프란츠 카프카.

― 프란츠 카프카?!

― 네, 프란츠 카프카의 「변신」요. 카프카는 독자
님 나이 때부터 자신에 대해, 세상에 대해 느끼

는 걸 단편소설로 썼어요. 「변신」이 궁금하시면 카프카 단편선 『돌연한 출발』을 읽어보세요. 그 책에는 「변신」 외에도 카프카가 쓴 단편들이 수록되어 있는데요. 저는 재밌었어요.

— 무슨 출발요?

— 돌연한 출발요.

— 돌연하다의 그 돌연한요?

— 네, 그 돌연한요.

— 오, 읽어볼게요. 우와, 세계문학전집 400여 권 중에서 딱 한 권을 추천해주시다니. (앗, 여러 권 아닌가?) 진짜 엄청 도움이 되었어요. 정말 유익한 통화였어요. 감사합니다!

— 도움이 되셨다니 다행입니다. 감사합니다.

이런 돌연한 대화라니. 전화를 끊고 앞선 대화를 떠올리니 웃음이 난다. 이 독자분은 나와의 통화 후 정말 『싯다르타』를 읽을 것 같다. 그리고 깨달음을 구하는 세 가지 방법을 알아낼 것 같다. 이렇게 돌연히 출판사에 전화해서 세계문학전집 400여 권 중 딱 한 권만 골라달라 요청하는 적극성이라면 능히 읽어내리라.

장마철 늘어지던 월요일 오후, 청년 독자와의 책 대화가 즐겁다. 언제 또 통화하게 되면 오지랖을 발동해서 이런 말도 건네야지.

— 독자님, 카프카가 쓴 잠언 중 제가 좋아하는 문장이 있어요. "너와 세상 사이의 싸움에서 세상을 지원하라." 세상과 싸우려면, 그래서 세상을 지원하려면, 나도 알고 세상을 알아야 할 텐데요. 책은 좋은 방편이 되어줄 거예요. 그리고 책을 읽을 때 소리 내어 낭독해보세요. 글을 음미하며, 문장을 읽는 내 목소리의 파장을 느끼고, 텍스트를 읽을 때 호흡하는 심장 소리를 들어보세요. 책을 통해 나와 대화하는 기분이 들지 몰라요. 독자님이 지난번 말했던 '벌레가 된 사람'을 쓴 카프카는 낭독을 참 좋아했대요. 그래서 여동생에게 종종 책을 읽어줬대요. 독자님이 읽고 싶어 한 「변신」도 카프카가 지인과 친구들에게 낭독으로 들려주었다고 해요. 제가

추천한 책 중 마음에 드는 문장을 만나면 좋아
하는 누군가에게 낭독해주세요.

추천한 책 중 마음에 드는 문장을 만나면 좋아
하는 누군가에게 낭독해주세요.

정화가 추천하는
낭독하기 좋은 책

낭독의 매력을 잔뜩 밝혔으니, 이제 어떤 책을 낭독하면 좋은지도 소개할 차례. 지금 소개하는 열 권의 책은 집에서, 혹은 낮술낭독회에서 소리 내어 낭독한 나의 애정 도서들이다. 사실 이 책들은 혼자 속으로 읽어도 좋고, 바깥으로 소리 내어 읽어도 좋은데 읽다가 어느 지점에서 '목소리'로 읽으면 독서가 순식간에 무대가 되는 경험을 할 수 있다. 내게 좋은 책들은 읽다 보면 그 책만의 고유한 리듬을 발견하게 되는 책이다. 그 리듬을 따라 낭독하고, 어떤 생각이 들면 곰곰 생각하다가, 다시 낭독하는 독서의 재미. 독자님께 전하고 싶다. 지금 책, 낭독해보세요!

『마의 산』 토마스 만

#소설

상권 660쪽, 하권 772쪽에 달하는 이 책을 퇴근 후 오디오북으로 읽었다. 눈을 감은 채 책을 읽을 수 있고 잠도 잘 온다. 원하던 회사의 입사를 앞둔 한스 카스토르프는 폐병으로 요양 중인 사촌 요아힘을 만나러, 3주 머물 예정으로 스위스 베르크호프 요양원에 찾아간다. 평소 건강이 좋지 않은 한스에게 전지 요양을 하고 오라는 주치의의 권유로 나선 여행이다. 그런데 스물세 살에 그곳에 들어간 한스는 7년이 지나 서른 살이 되어서야 '마의 산'에서 내려온다. 무슨 일이 일어난 것일까? 무슨 마술에라도 걸린 걸까? 대자연이 감싼 산 위와 세속의 삶이 흘러가는 산 아래에서 인간이란 무엇인가? 시간에 대해, 예술에 대해, 삶과 죽음에 대해 무한한 성찰을 제공하는 고전이다.

「유형지에서」 프란츠 카프카

#소설

카프카는 「유형지에서」를 출간하기 앞서 1914년, 1916년 두 번의 낭독회를 열어 청중 앞에서 읽었다. 1914년 12월 2일 자 일기에서 카프카는 이 낭독에 대해 "지워버리기 어려운 너무나 명백한 실수를 제외하면 그런대로 만족스러웠다."고 기록한다. 1916년 11월 뮌헨의 한 낭독회에서 이 작품을 소개할 땐 청중과 언론이 경악하며 카프카를 "공포의 난봉꾼"이라고 불렀다. 왜냐, 이 작품이 사형 기계에 광적으로 매몰된 한 인물을 다루기 때문이다. 카프카는 1차 세계대전 직후 이 글을 썼는데, 비인간적이고 전체주의적인 권력이 말하는 정의가 얼마나 극단적이고 왜곡으로 치닫는지를 체험했기 때문. 전 세계적으로 극우화를 우려하는 지금 읽고 낭독해야 할 고전이다.

「필경사 바틀비」 허먼 멜빌

#소설

월 스트리트 변호사인 화자는 바틀비라는 청년을 필경사로 채용한다. 어느 날 '나'는 필사한 서류를 검토하자고 바틀비를 부르는데 바틀비는 "전 그러지 않는 편이 좋겠습니다(I would prefer not to.)." 하며 거절한다. 바틀비는 필사를 뺀 모든 업무를 거절하더니 급기야 필사를 거부하고, 사무실에서 떠나기를 거부하고, 자신에 대해 말하기를 거부하고, 먹기마저 거부하고……. '왜 이야기가 이렇게 흘러가는가?'라는 질문이 '왜 바틀비는 그런 선택을 하는가?'라는 질문으로 이어지고, 다음 질문은 '바틀비는 과연 어떤 인간인가?'로 이어진다. 바틀비의 기원, 바틀비의 이 절대적 부정을 따라가다 보면 화자의 탄식이 이해된다. "아, 바틀비여! 아, 인간이여!"

『죽은 이들의 뼈 위로 쟁기를 끌어라』 올가 토카르추크

#소설

폴란드 외딴 고원에서 별장 관리인으로 일하는 두셰이코. 그의 이웃은 괴짜와 중고 옷 가게 점원 '기쁜 소식', 그리고 윌리엄 블레이크의 시를 번역하는 옛 제자 '디오니시오스'다. 어느 날 '왕발'의 기이한 죽음을 시작으로 마을에서 미스터리한 살인 사건이 이어진다. 피해자들은 모두 동물 사냥과 연관되어 있고, 시신 주변에는 사슴 발자국이 찍혀 있다. 점성학 애호가인 두셰이코는 "죽은 이들의 뼈 위로 쟁기를 끌어라."라는 윌리엄 블레이크의 의미심장한 문구를 읊조리며 불길한 미래를 예감한다. 별자리 소설 쓰기의 달인 토카르추크가 쓴 스릴러. 인간과 동물과 식물은 모두 동등한 존재임을 깨닫게 하는, 끝내주는 결말을 기대할 수 있다.

『버진 수어사이드』 제프리 유제니디스

#소설

"그날 아침은 리즈번가(家)에 남은 마지막 딸이 자살할 차례였다. 이번엔 메리였고, 터리즈처럼 수면제를 삼켰다." 소설 첫머리부터 서늘하다. 마지막 딸이 자살했다면 다섯 자매 모두 죽음을 택한 거야? 대체 왜? 이 미스터리를 당시 이웃이던 소년들, 이제는 중년이 된 '우리'가 풀어간다. 이들은 당시 사건을 회상하는 사람들의 증언을 수집하고 파편화된 자료를 하나씩 꿰어

맞히며 자매들이 자살한 '진짜 원인'이 무엇인지 추적한다. 이들의 퍼즐 맞추기는 성공했을까? 중요한 건 우리가 그들을 사랑했다는 것, 죽음보다 더 깊은 자살을 한 그곳에서 어서 나오라고 그들을 부르고 있다는 사실뿐. 책을 읽고 소피아 코폴라 감독이 영화화한 〈처녀 자살 소동〉도 감상해볼 것.

『케이크와 맥주』❖ 서머싯 몸

#소설

이 소설에서 쾌락과 유희를 대변하는 인물은 드리필드의 첫 번째 아내인 로지. 로지는 드리필드와 결혼한 후에도 여럿의 애인을 두는가 하면, 외상값을 떼먹고 야반도주를 한다. 도덕적으로 로지는 비판의 여지가 많지만, 누구를 미워하거나 헐뜯을 줄 모르며 어린아이처럼 천진하고 해맑다. 로지는 드리필드의 뮤즈다. 그런 뮤즈가 드리필드의 곁을 떠난다면? 서머싯 몸은 작가를 위협하는 가장 큰 위험 요소로 성공을 꼽는다. 작가가 성공하면 원래 속한 세상을 떠나 상류사회에 진출하는데 그는 애초 그곳의 일원이 아니므로 결국 본인의 개성을 잃게 되기 십상이다. 성공과 창작의 곡예에서 균형을 이루며 살아가는 방법은 무엇일까.

❖ 제목인 '케이크와 맥주'는 셰익스피어의 희극 〈십이야〉에 등장한다. 올리비아의 집에서 사랑의 노래를 부르며 흥청거리는 앤드루 경과 토비 경에게 집사 말볼리오가 소란을 멈추라고 다그치자 토비 경은 "자네가 도덕적이라고 해서 케이크와 맥주가 더는 안 된단 말인가?"로 응수한다.

『에세』 미셸 에켐 드 몽테뉴

#에세이

중세인이 쓴 이 책을 읽어야 할 이유를 한 가지 든다면, 몽테뉴는 중세인이 아닙니다. 그냥 몽테뉴입니다. 이 책은 어렵지 않다. 몽테뉴가 몽테뉴라는 자기 자신에 대해 골똘히 생각하면서 쓴 일종의 자기 실험이니까. 생각을 기술하는 몽테뉴의 에세들은 107가지의 다양한 제목 아래 인간사를 만드는 온갖 정념과 인간 세상의 오만 양상을 펜 끝에 소환한다. 그렇게 시작된 자기 탐구의 과정을 통해 몽테뉴는 스스로에게 '내가 무엇을 아는가?' 묻는다. 그러고는 "나는 잠잘 때는 잠을 자고 춤출 때는 춤을 춘다."고 대답한다. 16세기 시인 타브로도, 17세기 사상가 파스칼도, 18세기 수필가 에머슨도, 20세기 철학자 니체, 소설가 앙드레 지드도 비슷한 말을 했다. "몽테뉴는 마치 나 같아."

『안규철의 질문들』 안규철

#에세이

미술가 안규철이 지난 40여 년 동안 던져온 질문들이 담긴 책. 미술에 대해, 세상에 대해, 삶에 대해, 시대와 현실을 향해 던져진 질문들. 나는 여러 형태의 기록을 담은 책을 좋아하는데 안규철의 기록을 유독 좋아하는 이유는 간결해서다. 안규철은 말한다. "나는 현대미술은 이야기가 아니라는 말을 이해할 수 없다. 이야기하지 않는 미술이 어떻게 삶을 다룰 수 있는가."라고. 그가 하루하루 적어나간 기록들은 길지 않지만 매 순간 훅 들어오는 문장이 넘쳐나 그냥 넘기기가 몹시 힘들고, 밑줄을 긋다가 성에 차지 않아 연필로 필사하고야 만다. 그의 기록은 글과 스케치가 함께인데 지행일치처럼 글과 이미지의 인상이 닮아 있다. 그는 과연 질문하는 사람이다.

『빛과 실』 한강

#에세이

올가 토카르추크 작가와 한강 작가는 모든 생명을 위해 글을 쓴다. 올가 토카르추크가 2018년에 노벨문학상을 받은 이후 좋은 한편 아쉬웠다. 하루빨리 한국 작가의 수상 소식이 들렸으면 좋겠다 하고! 그로부터 6년 후 한강 작가가 노벨문학상을 수상했을 때 너무 기뻐 펄쩍펄쩍 뛰었다. 이 책은 한강 작가의 노벨상 수상 강연을 글로 읽은 후 명상하는 마음으로 읽어내려갔다. 장편소설을 쓸 때마다 그 질문들을 견디며 소설 속에 산다는 한강 작가. 소설 속에 산다는 것은 얼마나 고통일까. 또 얼마나 아름다운 여정일까. "현재가 과거를 도울 수 있는가? 산 자가 죽은 자를 구할 수 있는가?" 한강 작가는 애도하고 호명하고 사랑하며 생명의 빛과 전류가 흐르는 언어의 실을 우리에게 이어준다.

『김혜순 죽음 트릴로지』 김혜순

#시

올가 토카르추크 『다정한 서술자』를 편집할 때 김혜순 시인에게 전화해서 말했다. "선생님께서는 저를 기억하지 못하실 텐데 제자입니다. 그러니까 이 책의 추천사를 써주세요." 선생님의 대답. "그래, 기억은 안 나지만 토카르추크 추천사는 생각해볼게." 그해 서울작가축제 개막 연설 때 김혜순 시인은 이 책의 일부를 낭독해주었다. 어릴 때는 시인의 시가 이토록 처절하고 실재적이고 환상적인지 잘 몰랐다. 김혜순 시인은 사회적 참상, 전쟁의 트라우마와 같은 집단적 슬픔과 개인의 죽음 사이를 오가며 몸으로 울고 위로한다. 소장해서 평생 읽을 시집이다.

우리가 서로에게 몸을 기울일 때

이한솔

우리가 서로에게 몸을 기울일 때

이한솔

1

첫 낭독의 밤

2019년 어느 여름 밤, 나는 편집부 선배인 허주미 차장님, 신새벽 과장님과 함께 지리산 내에 있는 신새벽 과장님의 부모님 댁 마당에 앉아 있다. 아직 이들과 친구는 아니었다. 하늘 같은 선배님들! 서로 수평적인 관계를 지향하며 사용할 수 있는 새로운 언어인 평어 역시 아직 우리 사이에 등장하지 않았다. 나는 설레지만 대체로 긴장한 상태다.

신입 편집자로 회사에 들어온 지 1년이 좀 넘었을 때, 새벽 과장님이 함께 잡지를 만들어보자고 제안했다. 너무 재밌을 것 같았다. 몇 번 모여 밥도 먹고 회의도 했다. 잘 되어가고 있는 건지 아리송하고 내가 도움이 되는지 걱정되었다. 그런데 새벽 과장님이 이번엔 아예 회사를 벗어나서, 지리산으로 1박 2일 워크숍을 다녀오자고 했다. '1박 2일 워크숍? (워크숍이란 걸 가본 적 없었다!) 가서 무엇을 하는 것일까? (발표? 혹시 장기자랑?) 자료를 준비해야 하나? (도대체 무슨 자료?)' 무척 부담스러웠지만, 잡지를 만들자는 제안도 너무 황송했을뿐더러 당시 너무나도 잘 보이고 싶은 선배들이었기에 나는 곧장 좋다고 대답했다.

격정 반 기대 반으로 기다려온 워크숍 첫날. 종일 긴장한 채였지만 남들이 눈치채지 못하도록 쾌활하게 행동하며 내 나름대로 좋은 인상을 주려고 무척 노력했다. 워크숍이라는 이름에 지레 겁을 먹었던 것이 무색하게도, 그날의 일정은 뱀사골 산책과 절 구경, 그리고 저녁 식사 등으로 평범한 여행과 그리 다르지 않았다. 마당의 야외 테이블에서 저녁을 먹은 후 쏟아지는 별을 보며 술자리가 이어졌고, 책과 영화, 회사와 각자의 일상에 대한 이야기가 두서없이 두런두런 나왔다. 술 한 잔 마시며 나도 이들과 꽤나 자연스럽게 함께하고 있다는 느낌으로 몸과 마음이 풀어지던 그때, 동행했던 이 하나가 나를 대화의 소재로 삼았다. 나는 순식간에 얼굴이 새빨개졌다. 한 스타트업 기업에서 CTO(최고 기술 관리자)로 일하고 있다는 그가 웃으며 한 이야기의 요지는 이렇다.

'우리 회사에 매번 긴장하고 남들 앞에서 말도 못하고 사회성이 떨어지는 신입 사원이 하나 있는데 그의 이름도 한솔로 너랑 같다. 이번에 처음 봤지만 너무 어색하게 굴기에, 너도 역시 우리 회사의 그 녀석과 이름도 속도 같은 사람이라고 생각했다. 즉, 덜떨어진 놈이군 싶었는데, 이제 다시 보니 너는 그 정도는 아니고 말도 꽤 잘한다.'

무척 당황했다. 초면에 이런 말을 하는 무례함에 화도 났지만, 그보다는 완전히 간파당한 것 같았기 때문이다. 지금 생각해보면 나는 이 자리가 어떤 시험의 연장선에 있다고 여겼던 것 같다. 사회 초년생 특유의 공포로 면접 때처럼 스스로 이곳에 있어도 된다는 것을 증명하려는 버릇이 쉽게 떨어지지 않았다. 회사 선배가 재미있는 일을 함께하자고 말을 걸어주어 너무 기뻤지만, 말 한마디가 조심스러웠다. 무슨 책을 읽었고 또 읽고 있는지도 평가의 대상이 될 것 같은 두려움이 언제나 배경에 깔려 있었다. 물론 무슨 책을 읽는지는 편집자에게 언제나 중요한 문제다. 그러나 평가하려고 던진 것이 아닌 질문에도 최종 면접 마지막 1분 스피치처럼 인상 깊은 필살기를 보여줘야 한다는 압박감을 느끼곤 했던 것이다. 그리고 아마 내가 내뿜는 이러한 파동에 소위 임원이자 면접관이자 상사이자 연장자인 그가 이 역할을 뒤집어쓰고 공명했던 것은 아니었을까?

다 자리를 보고 발을 뻗는 것이기에. 어쩌면 내가 그를 그렇게 하도록 자극했다고까지 말할 수 있을까? 저 말에 무어라 대꾸했는지는 기억나지 않는다. 아무래도 상관없다. 이날 밤에는 그보다 중요한 일이 일어난다. 이 고질적인 두려움이 사라지고 흐름이 바뀌는, 결정적인 사건으로 기억될 순간이 온다.

밤이 어느 정도 깊자 신새벽 과장님이 돌아가며 낭독을 하자고 했다. 자신이 쓴 글도 좋고, 최근 읽은 글도 좋고, 여기 있는 사람들에게 들려주고 싶은 것도 좋다고 했다. 무엇이든 읽어달라고 했다. 술 마시고 하는 건 실없는 대화 아니면 싸움, 이보다 더 어릴 때는 술게임 정도였는데 술과 낭독은 처음 보는 조합이었다.

"진짜 읽어요?"

바보처럼 물어보고는 앞사람이 낭독을 하는 동안 어린 시절 음악 시간에 노래할 차례를 기다리는 듯한 압박감을 느꼈다. 무엇을 읽어야 할지 핸드폰으로 부랴부랴 찾던 기억이 난다. 그날 내가 읽은 것은 중국 시인 베이다오(北島)의 「폴란드에서 온 손님(波兰来客)」이다. 중

국의 민주화를 꿈꾸었던 시인이 망명하여 외국을 떠도는 동안 쓴 산문이다. 얼마 전 친구랑 타이베이에 놀러 갔을 때 레트로한 브런치 가게 테이블 매트에서 처음 읽었다. 깊은 밤, 술을 마시고 있는 이 상황에 겹쳐 문득 그 글이 떠올랐다. 짧고 어렵지 않으니 바로 번역해서 읽어보았다. 문학, 사랑, 세계 일주에 대해 꿈이 있던 젊은 날을 뒤로하고 깊은 밤까지 술잔을 부딪치며 꿈이 부서지는 듯한 소리에 가슴 아파하는 시인의 회한이 담겨 있었다. 떨리는 마음으로 이 짧은 글을 읽었는데, 그 날 그 자리에 있던 이들 모두가 귀 기울여 들었다. 좀 이상했다. 이 사람들이 진짜 진지하게 듣고 있음이 느껴졌다. 생소했다. 지금까지 겪어본 적 없는 종류의 귀 기울임이었다.

대학을 졸업하고 문학을 더 공부하고 싶어 대학원에 갔지만, 그다지 잘하지 못했다. 이럴 거면 학교를 왜 다니나 혼자 괴로워하느라 정작 공부는 더 안 했던, 덜 떨어진 학생이었다. 꼬투리 잡히거나 아무것도 모르는데 말한다고 비웃음을 당할까 무서워 같은 연구실 사람들과도 글과 책 이야기를 제대로 못했다. 이런 태도가 싫으면서도 익숙했다. 공부를 작파하고 나서도 이런 두려움과 회의는 잘 사라지지 않았다. 그래도 언제나 책과 앎의 부근에서 머무르고 싶었다. 그 마음을 따라 이제 막 시작한 출판 편집자 일은 무척 마음에 들었다. 적으나마 돈도 벌 수 있으니 오래오래 잘하고 싶었다.

　나의 낭독이 끝나고 베이다오의 시와 우리가 각자 아는, '그 시대' 옛날 운동권이었던 가까운 어른들에 대한 짤막한 대화가 이어졌다. 그날 지리산 밤하늘 아래 함께 모여 앉은 이들의 관심은 부드럽고도 진지한 것이었다. 내가 딱히 흥미로운 사람이 된 것은 아니었다. 이렇게 잘 듣는 이들을 만난 적이 있던가? 이건 이들의 원래 성품일까, 아니면 지금 우리가 다소 취해서일까? 의아하면서도 좋았다. 나는 내 안의 어떤 흐름이, 작지만 분명히 바뀌었음을 알아차렸다.

　'무엇인가를 말한다는 것은 위험하다. 내가 누구인지 어떤 사람인지 드러나게 된다.' 이런 생각에 항상 입을 떼기가 어려웠다. 누군가 날 평가하는 것이 너무 무서웠다. 잘 보이고 싶은 이들 앞에선 더 그랬다. 별로 좋은 점수를 받을 수 없을 것 같았다. 그런데 살그머니 이런 생각도 떠오르게 된 것이다. '듣는 이가 곧 평가하는 이는 아니다.'

모두 돌아가면서 소리 내어 무언가를 읽거나 말하고 귀 기울여 듣는다. 평가라 해도 일방적이지 않고 나만 도마에 오르는 처지도 아니었다. 나 역시 상대방의 이야기를 듣고 떠오르는 것을 말할 수 있다. 또한 정답이 있는 것이 아니니 답을 맞히려고, 점수를 더 따려고 애쓰지 않아도 된다. 일단 열심히 듣고자 하는 이 앞에서는 언제나 들려줄 것이 있는 법이다. 말하는 자리와 듣는 자리는 서로 같은 높이일 수 있다.

같이 일하고 같이 노는 재미

다음 날, 서울로 올라가는 기차에 앉아 뭔가 많이 달라졌고 앞으로 더 많이 달라질 것이라고 느꼈다. 그때 함께 자리에 있던 선배들과 2020년 1월 인문 잡지 《한편》을 창간했다. 잡지 만들기의 매력에 푹 빠졌다.

회사에서 동료와 긴밀하게 일하는 것이 무엇인지 경험
했다. 즐거운 시간이 이어졌다. 선배들은 정화 선배가
만든 낮술낭독회에도 같이 가자고 권했다. 알고 보니
지리산에서의 경험, 즉 술을 마시며 낭독하는 일은 낮
술낭독회에서 시작한 것이었다. 한동안 평일의 업무와
두어 달에 한 번 있는 낮술낭독회는 서로의 변주처럼
작동했다. 낮술낭독회에서 놀며 책과 일 이야기를 하고,
일할 때도 같이 놀던 흐름과 연결되는 것이 많았다.

부암동 제비꽃다방에서 내가 가장 사랑하는 작가
중 하나인 아스트리드 린드그렌의 『미오, 나의 미오』를
낭독했다.

외로운 아이는 환상의 세계에서 충실한 친구 윰윰
을 만난다. 그리고 운명에 따라 이 세계의 악을 저지하
러 간다. 그렇지만 그 모험의 길은 통쾌함과는 거리가
멀고, 두려움에 떠는 아이들의 목소리가 솔직하게 울
려 퍼진다. "우리가 이렇게까지 작고 외로운 아이들이
아니라면 좋겠"다고. 린드그렌은 외로운 아이의 마음
을 잘 아는 작가다. 유심히 듣던 새벽은 곧 내 책을 빌
려 갔고, 나중에 새벽이 쓴 《한편 3호 : 환상》의 발간사

에 융융의 주문이 인용되어 있어 기쁘고 짜릿했다.

❖ 신새벽, 「3호를 펴내며: 환상과 함께 살아남기」, 《한편 3호: 환상》, 민음사, 2020, 13쪽

주인공 미오가 기사 카토를 물리치러 바깥쪽 나라로 떠나는데, 어려운 상황이 닥칠 때마다 친구 융융은 "우리가 이토록 작고 외롭지 않다면." 이라고 되뇐다. 어둠을 헤쳐 나가는 동안 여덟 번이나 반복되는 이 말은 작고 외로운 어린이의 현실로 읽히지만, 소설 속에서는 미오 곁을 지키는 융융의 기도문이기도 하다. 환상에 관한 열 편의 글도 어려운 시절에 살아남는 이야기이자 다짐으로 읽히기를 바란다.❖

처음에는 일로 연결된 이들과 주말에도 만나 책을 읽고 이야기를 나눈다는 점에서 살짝 긴장되기도 했다. 그래도 술을 먹고 넘기 쉬운 선을 넘지 않게 해주는 좋은 긴장이었다. 술집과 카페, 그리고 각자의 집으로 부드럽다가도 긴장되는 자리들이 이어졌다. 술도 진짜 많이 마셨다. 친구가 됐다. 주변에서는 혀를 내둘렀다. "평일에 회사 사람 보는 걸로 모자라서 주말에도 만난다

고? 그리고 책 만드는 일을 하면서 만나서 또 책을 읽는다고?" '진짜 광기'라고 여기는 것 같았다. 광기라면 광기일지도 모르겠다. 같이 하는 일이 너무 재밌고 회사 동료를 보고 또 보고 싶었으니까.

❖신새벽, 앞의 책, 9쪽
❖❖아스트리드 린드그렌, 일론 비클란트 그림, 김서정 옮김, 『미오, 나의 미오』, 우리교육, 2002, 223쪽

현실과 환상, 일상과 꿈, 사실과 허구, 실상과 가상, 제정신과 광기……. 그런데 이 행렬에서 후자를 파고들다 보면 환상이란 '현실적인 기초나 가능성이 없는' 것만도 아니고, '헛된' 것만도 아니라는 점을 알게 된다.❖

오히려 일이라는 현실이 있었기에 낮술낭독회라는 꿈같은 자리에 더 빠져들었는지도 모르겠다. 낮술낭독회와 책 만드는 일이 현실과 환상의 관계처럼 엎치락뒤치락 연결되었다. "현실과 환상이 끊임없이 서로를 간섭하면서, 환상은 힘겨운 현실을 달래주는 힘을, 현실은 환상 속으로 마냥 빠져 들어가는 것을 막아주는 힘을 발휘"❖❖하는 것처럼.

그쯤《한편》에 또 동료가 생겼다. 갓 대학을 졸업하고 한국문학 편집자로 입사한 세영. 민음사 인문 브랜드 '반비'의 편집자, 은도 합류했다. 세영과 은에게도 낮술낭독회를 함께하자고 권했다. 문득 회식하자고 하고 계산대 앞에선 반반씩 돈 내자던 옛 직장 상사의 말에 뜨악했던 기억이 났다. 그리고 그렇게 뜨악하지는 않고 기꺼이 가고 싶었지만 지리산 워크숍을 하자는 새벽의 제안을 처음 들었을 때 느꼈던 부담감도 떠올랐다. 당연히 거절할 수 있다고 생각하면서도 내심 안 그랬으면 좋겠다고 바랐다. 무슨 차이였을까? 나는 그들과도 이런 방식으로 결국 친구가 되고 싶었던 것 같다. 내 바람대로 세영과 은은 낮술낭독회에 와주었다. 세영은 인류학과 사회학 책을 많이 읽고, 세련된 에세이와 소설을 종종 가져왔다. 은은 현대미술에 관심이 많고 비평을 종종 가져왔다. 은이 키우는 까만 개 둥둥이와 함께한 적도 있는데 모임을 마치고 집에 돌아가서도 까맣고 작은, 구름 같은 모양새가 아른거렸다.

그 뒤로도 여러 사람과 함께《한편》도 만들고, 낮술낭독회도 했다. 회사에 와서 혼자 고립된 듯한 위기감과 외로움에 파티션 뒤에서 울적해하던 평일이 바뀌었다. 주말의 즐거움도 배가되었다. 낭독을 하고 이야기를 나누고 술도 마셨다. 그렇게 하다 보니 자신감도 생겼다. "다음 호에는 이런 건 어떨까? 이런 책을 만들어볼 수 있을까?" 회의 시간에 입도 못 떼곤 했는데 내 생각을 정리해서 말할 수 있게 되었다. 무슨 이야기인지 귀 기울여 들어줄 거라는 믿음이 있어 가능했다. 새벽 선배가 언젠가 이런 말을 했을 때의 기쁨은 아직도 생생하다. "한솔 씨 스스로 많이 성장한 게 느껴지지 않아요?" 놀랍게도 아직 존댓말을 하던 시절이었다. 이제 나는 즐겁고 흥분된 상태로 평일이고 주말이고 할 것 없이 엄청나게 수다를 떨며 일하게 되었다.

귀를 기울이면 아름다움이

어느 날, 새벽의 집에서 그가 직접 연주하는 피아노곡을 들었다. 복도식 아파트, 작은 거실의 작은 소파 옆에 작은 피아노가 있었다. 음악에 관심이 전혀 없는 나로서는 피아노 학원을 다니던 초등학생 시절 이후로 누군가가 치는 피아노 연주를 직접 보고 듣는 것이 처음이었다. 세영 역시 피아노는 아주 오랜만이라고 하면서 떠듬떠듬 건반을 눌러보았다. 다음에 세영의 집에 갔을 때 세영은 중고로 전자피아노를 샀다고, 그동안 연습한 곡을 들려주었다. 그리고 세영이 초등학교 1학년 때 소규모 피아노 대회에 나갔는데 그날 연주가 잘되지 않아 돌아오는 길 피아노 선생님의 차 안에서 엉엉 울었다는 이야기도 들었다. 이런 이야기는 왠지 밑도 끝도 없이 듣고 있을 수 있다. 평소 음악을 잘 듣지 않지만, 친구들이 직접 쳐주는 피아노 연주는 아름다웠다. 능숙한 연주가 아니어도 그랬다. 들려주기만큼이나 듣기를 열심히 해야 했다. 뭐든지 귀 기울여 들으면 아름답고 좋은 데가 있었다.

어느덧 낮술낭독회에서 함께 마시고 읽고 들은 지 몇 해가 넘었다. 멋진 순간이 수없이 많았다. 자극적일 정도의 우정과 친밀함, 그리고 생산과 뿌듯함이 있었다. 말할 수 있다는 용기가 생겼다. 나이가 들고 연차가 차면서 자연스럽게 그리된 것이기도 하겠지만. 마음을 열고 나를 드러내는 위험을 감수할 때, 평가만 주고받는 길이 아니라 동등한 대화의 자리로 난 길이 열림을 알았다. 비로소 내 앞에 앉은 이를 잘 보여야만 하는 부담스러운 면접관이 아니라 함께 이야기를 나눌 수 있는 동등한 대상으로, 동료로 다시 보게 되었다. 무엇보다도 일단 들으려고 해야 들을 수 있음을 깨달았다. 그리고 그렇게 열심히 진지하게 듣는 낮술낭독회의 친구들을 어수룩하게 따라 해보면서, 나는 그제야 우리가 서로에게 들려주는 것이 아름답다는 데 새삼 감동할 수 있었다.

2

젖과 술

2022년 가을, 아이를 낳고 처음으로 저녁나절 혼자 외출을 했다. 반년 만이었다. 하루쯤은 나 없이도 아기가 저녁에 잠을 잘 수 있겠지 생각하며 마지막까지 망설이다가 집을 나섰다. 아기 아빠가 잘 돌볼 줄 아는데도 아기가 무사하지 못할 것 같은 근거 없는 두려움이 일었다. 집에서 멀지 않은 데서 모인 낮술낭독회에 갔다. 무척 오랜만이었다. 버스를 타고 가는 길, 창밖의 어두운 풍경이 새삼스레 고독하고 아름다워 보였다.

그날 내가 낭독한 책은 식물학자 로빈 월 키머러의 『이끼와 함께』. 키머러는 자신의 선조인 아메리카 선주민의 전통·문화적 맥락과 과학의 세계를 자유롭게 오가며 독특한 시각으로 자연을 이해하고 이야기한다. 물을 좋아하는 이끼는 건조할 때는 바싹 말라 있다가, 습해지면 물기를 잔뜩 머금고 부풀어 오른다. 이런 특성을 가진 이끼는 여러 용도로 쓰일 수 있어 지난 세기 아메리카 선주민 공동체의 중요한 생활 도구로 함께했다. 키머러는 도서관에서 19세기 백인 남성 민속학자들이 남긴 기록과 사료를 샅샅이 뒤진다. 이끼만의 특성이 최대로 발현된 경우가 무엇이었을지 알고 싶다는 바람에 따

라서다. 그리고 거의 포기하려고 할 때 이끼가 기저귀
와 생리대로 널리 사용되었다는 아주 짧은 한 문장을
발견한다.

　이끼 본연의 재능이 가장 크게 발휘된 경우는 바
로 여성과 아기의 일상 용품이었다. 그렇기에 남성 학자
들은 이에 큰 관심을 갖지 않았고 남겨진 자료 역시 많
지 않았던 것이다. 하지만 키머러는 이 압축된 한 문장
을 어머니이자 여성으로서 자신의 경험과 연결하여 이
끼가 얼마나 훌륭한 역할을 해냈을지 구체적으로 그려낸
다. 이끼의 미더운 쓸모와 함께 어떤 세상에 속하느냐에
따라 무엇을 보는지가 달라진다는 사실이 도드라진다.

　낮술낭독회에서 이 대목을 읽었을 때, 나는 내가
지금 기저귀의 세상에 속해 있고 아기의 뽀송한 엉덩이
를 책임지고 있는 사람의 눈을 갖게 되었다는 것을 알
았다. 그리고 이를 말할 수 있어 좋았다. 그것은 내가
이 새로운 세계에 양발을 푹 적신 채 들어서 있다는 자
부심이기도 했다. 집으로 돌아가는 길, 몇 시간 동안 아
기에게 물리지 않은 젖이 땡땡하게 가슴에 차는 것을
느꼈다. 책에는 언급되지 않은 이끼의 또 다른 용도도

생각해보았다. 지난 세기 이끼를 생리대와 기저귀로 썼던 여성들이라면, 아마 장담컨대 옷을 젖게 하지 않기 위한 수유 패드로도 썼을 것이다. 이 축축한 분비물의 세계는 낯설고 외로웠지만 한편으로는 셀 수 없이 오랜 시간 이어져온 '엄마 됨'의 경험들과 연결되는 체험이기도 했다. 다만 내 삶에 젖 대신 술이 앞서 다시 등장할 날은 언제일까? 선배 엄마들의 조언에 의하면 또 눈 깜짝할 새 그렇게 될 수 있다는데, 정말인지 믿기지 않을 정도로 지금의 나에겐 아득하다.

나는 이제 술을 (거의) 안 마신다. 지금 이 글을 쓰기 위해 (거의) 안 마신 지 얼마나 되었나 세어보고 깜짝 놀랐다. 올해로 벌써 다섯 해째다. 지금도 술을 제약 없이 내키는 대로 마실 때의 기분 좋은 자유로움과 편안함이 생생하다. 이렇게 오래 안 마시게 될 줄이야. 어떤 사건이 있었던 것은 아니고, 그냥 엄마가 되면서 이렇게 변했다.

나는 술을 좋아한다. 처음 마셨을 때부터 좋았다. 취하면 기분이 좋아지고 불안이 가셨다. 술을 줄인 적은 많지만 끊을 생각은 한 번도 안 해봤다. 직장을 다니며 고정적인 수입이 생기자 저녁, 특히 주말이면 친구들과 만나 술 마시고 노는 일은 아예 정기 일정으로 자리 잡았다. 다시 생각해봐도 미소가 절로 떠오르는 재미난 일이 많았다. 결혼하고 나서 사람들을 초대할 만한 거실이 생긴 뒤부터는 불 지핀 듯 더욱 박차를 가했다. 집에 여러 사람을 초대하여 재미나게 이것저것 차려서 혹은 봉지 과자라도 까서 함께 먹고 마셨다.

이래저래 즐거운 나날이 흘러가고, 여차저차 아이를 가지려고 했는데 생각처럼 되지 않았다. 당황스러웠다. 부랴부랴 운동도 하고 난임 전문 병원도 가보고 영양제도 챙겨 먹었다. 당연히 술도 끊었다. 다행히 몇 달 지나지 않아 운 좋게 임신했다. 임신했으니 술을 안 마셨다. 코로나 팬데믹 한복판이라 어딜 나가 누굴 만나기도 참 어려웠다. 그렇지만 낮술낭독회는 될 수 있는 한 각자의 집을 돌아가며 모이곤 했다. 술은 안 마셔도 낮술낭독회에는 갔다. 낮부터 만나기 때문에 오래 만나서 놀 수 있고, 술만 마시는 것이 아니기 때문에 술을 안 마시고도 무척 즐거웠다. 그동안 내가 취했던 많은 부분이 분위기였구나 깨닫기도 했다. 다만 함께 잔을 부딪칠 수 없는 아쉬움에 무알코올 음료를 마시기 시작했는데, 물론 알코올이 있는 것에 비할 수는 없었지만 그 나름대로 괜찮았다. 술보다 좋은 것은 술자리고 낮술낭독회는 내가 당시 갈 수 있었던 술자리 중 가장 좋은, 그리고 마지막 하나 남은 술자리였다. 그러나 아기를 낳고는 이마저도 쉽지 않았다.

아이를 얻고 잃은 것은

아이를 낳고 내가 잃어버린, 사랑하는 것 목록의 제일 위에는 술과 술자리 말고도 잠이 있다. 어릴 때부터 잠이 많았고, 자는 것을 좋아했다. 스트레스를 받을 때 언제나 푹 자고 나면 훨씬 나아지곤 했다. 베개에 머리만 대면 잠이 들었고, 중간에 깨거나 뒤척이는 일도 없었다. 주말이면 늦잠을 자고도 낮잠을 또 두세 시간씩 자곤 했다. 그렇게 자고 느지막이 저녁에 일어나면 하루가 저무는 것이 아쉽기보다도 아직 잠이 덜 깬 몽롱함이 달았다.

　아기와 함께한 후부터는 이 모든 것이 아득한 옛일이다. 임신 초기에는 입덧 때문에, 중기를 넘어가고부터는 몸의 변화로 인한 통증과 불편감, 그리고 후기에는 진짜 말 그대로 커진 배가 너무나도 무거워서 푹 잘 수가 없었다. 낳고 나서 잠 못 자는 고통은 말해 무엇 할까. 남편과 나는 아이를 낳고 나서 1년 정도는 주기적으로 '아기 통잠 자는 시기'를 검색해보곤 했다. "100일 만에 통잠 자는 아기!" 이런 제목의 글을 보면 시기와 질투로 눈이 벌게져 거짓말을 한다고 욕을 했다. "다섯 살인데 아직도 새벽에 깨네요." 이런 하소연을 보고는 은근슬쩍 '휴, 우리 아기 정상이야.' 안심하면서도 '아직도 몇 년이나 이렇게 살아야 한다고?!' 절망했다. 둘째까지 낳아 키우다 보니, 첫아이가 유난히 잘 안 자는 아이였다는 것을 이제는 안다. 물론 그때 알았더라도 수면 부족 문제를 해결할 수는 없었겠지만.

　새벽에 안 자고 칭얼대는 아기를 업고 토닥이다가 나까지 깜박 졸다 번쩍 깨면 잠시 여기가 어디이고 내가 무엇을 하고 있는지 알 수 없었다. 그럴 때면 아주 이상한 기분이 들었다. '내가 엄마라니?' 이미 엄마가 되었지만 엄마가 된 데 적응하기까지는 긴 시간이 필요했다. 나는 그렇게 느리고 야무지지 못한 엄마였다. 오히려 그래서였을까? 주변에서 아무도 뭐라 하는 사람이 없었는데 모유 수유에 다소 집착했다.

생각해보니 집착하게 된 계기는 있다. 아기가 태어난 지 며칠 되지 않아 숨을 너무 가쁘게 쉬어 대학병원 신생아집중치료실에 얼마간 입원한 적이 있다. 코로나 팬데믹이 한창일 때 태어난 터라 면회가 가능하지 않아서 아기를 보러 갈 수도 없었다. 그나마 갖다주는 모유는 받는다고 했다. 매일 울면서 얼마 나오지도 않는 모유를 유축기로 억지로 조금이라도 더 짜내려고 가슴을 쥐어뜯었다. 남편은 우는 나를 달래고 병원에 얼마 되지도 않는 모유팩을 전달하곤 했다. 크는 것을 보며 추적 관찰하자는 소견을 듣고 며칠 뒤 아기를 집으로 데려올 수 있었다. 그땐 잘 몰랐지만 작디작은 내 아기가 크게 아플 수 있다는 가능성에 노심초사한 것만으로도 상흔이 남은 것 같다. 아기에게 모유라도 먹이지 않으면 안 될 것 같은 불안감이 들었다.

사람마다 그리고 같은 사람이라도 여러 상황에 따라 젖의 양은 천차만별이다. 첫아이 때는 아무리 해도 젖의 양이 적어 아기가 겨우 간식 정도로 여길 수밖에 없었다. 그래도 꾸역꾸역 돌이 될 때까지 젖을 물렸다. 수유 중이니 당연히 술을 안 마셨다. 유럽 엄마들은 임신과 수유에 상관없이 식사할 때 와인 한 잔은 언제나 마신다고 한다. 또 소아과 의사도 맥주 한 잔 정도는 수유 직후 마셔도 된다고 했다. 술 한 잔이 간절하지만 걱정스럽기도 한 엄마들을 위해, 음주 후 시간이 어느 정도 지나면 수유해도 아기에게 영향이 없는지 산모의 몸무게와 마신 술의 양으로 시간을 계산하는 수식도 있다. 그렇지만 그냥 안 마셨다. 마시기 시작하면 왠지 건잡을 수 없을 것 같았다. 아기 낳고 거의 두문불출했던 터라 같이 마실 사람도 없었다. 뚜렷한 이유는 없지만 밖에 나갈 엄두가 나지 않았다. 아기랑 떨어지는 것이 무척 꺼려졌다. 지금 생각해보면 산후 우울증 아니었을까? 바라고 기다리던 아이를 얻었고 아기가 예쁘고 건강하게 잘 자라서 무척 행복했다. 그렇지만 아기와 둘이 보내는 하루는 너무 길고 지루했다. 난 고립되어 있었다.

복직하기 전, 아기를 엄마에게 맡기고 남편과 둘이 며칠간 이탈리아에 갔다. 오래 꿈꿨던 여행이었다. 아이 없이 둘이서만 가뿐하게 콜로세움 옆을 걷고 두오모의 둥그런 지붕을 보며 오래된 성당의 종소리를 들었다. 즐겁기만 할 줄 알았는데, 걱정이 되고 불안했다. 그때 알았다. 아이 없이 보내는 며칠간의 여행은 내가 원하는 것이 아니었다. 지금의 삶이 아닌 다른 삶을 꿈꾸던 내 간절한 소원은 사실, 한집에 더 많은 사람들이 있어서 그들이 생활을 위한 노동을 나누고 함께 대화를 나눠주는 것이었다. 남편은 워낙 장시간 노동에 시달리고 있어 기대할 상황이 아니었고, 남편 하나로는 부족했다. 결국 이것이 오래된 미래를 꿈꾸며 서울을 떠나 경기도 안성 부모의 집 옆에 셋집을 얻어 왕복 통근 세 시간을 하게 된 이유다. 진학이나 취직을 계기로 20대 때 서울로 이주했다가, 30대에 주택 구입이나 가족과 함께 거주하기 위해 다시 경기도로 이주하는 흐름에 나도 한 방울 더 보탠 것이다.

그런데 이렇게 뻔하게 가족으로 회귀한 내 경우와 달리, 최근 읽은 책 『침몰가족』에선 가족 외의 사람들과 함께 이러한 생활을 실천한 엄마가 나왔다. 아이와 둘이서만 집에 있기 싫었던 20대 초반의 가난한 엄마는 육아를 공동으로 함께할 사람을 모집한다. 육아를 해주는 대신 돈이나 다른 재화를 제공하는 것이 아니라, 육아하는 생활을 함께할 사람들을 구한 것이다. 이렇게 마련된 공동의 집에서는 육아 경험이 전혀 없는 사람, 이 집에 정주하지 않는 사람도 자유롭게 드나들며 아이와 함께하는 삶을 살았다. 이 책의 저자 가노 쓰치가 이렇게 모두의 돌봄으로 성장했던 아이다. 그 아이가 자라 다큐멘터리 영화를 만들고 그 과정과 소회를 동명의 책으로도 펴낸 것이다.

그는 전통적인 관점에서 아이를 가장 사랑하는 사람이 엄마라는 규범이 있다면, 자신의 엄마는 그 규범에서 벗어난 사람이었다고 말한다. 그리고 '혼자서 할 수 없음'을 인정하고 다른 이들에게 도움을 요청하고 함께 있어달라고 손 내밀었던 그 판단이야말로 엄마의 사랑이었다고, 그것이 고맙다고 적었다. 나 역시 오랫동안 왜 혼자 못할까 자책하기도 했지만, 가족에게 손 내밀었다는 것이 부끄러운 일만은 아닐 것이다. 다만 아이와 함께하는 삶을 매개로 가족을 넘어서서 더 많은 사람들과 연결될 기회를 만들어내고, 자신이 살고 싶은 방향을 이끌어낸 이 엄마의 용기와 결단이 부러울 뿐이다.

장거리 통근 워킹맘의 소원

울고불고 힘들어하는 내게 아이를 봐주겠다고 선뜻 말해준 고마운 우리 엄마가 있어 복직할 수 있었다. 회사로 돌아가 느낀 흥분도 잠시, 정말 힘든 구간이 시작되었다. 새벽부터 엄마 집에 들러 아기를 맡기고 고속버스를 타고 출근했다. 그해 회사 송년회 행사에서 진행을 맡은 동료들이 직원들을 대상으로 소소한 설문 조사를 하고 발표했다. 그중 내가 언급된 부문이 있었는데 바로 '가장 먼 데서 회사까지 오는 직원'이었다. "민음사까지 가장 먼 곳에서, 비싸게 오가고 있는 직원은 누구일까요?” 당시 나는 매일 서너 시간에 걸쳐 약 150킬로미터를 왕복하고 있었다. 이 엄청난 거리를 오가느라 얻는 피로가 내 삶에서 어떤 의미가 있을까? 허무함이 자꾸 밀려왔다. 아마도 그냥 지쳐서 그런 거라고, 복직한 후 새로운 환경에 적응하느라 그런 거라고 스스로 다독였다.

몇 달 지나 어린이집을 다니게 된 아기는 자주 아팠다. 나도 남편도 아기에게 옮아서 자주 아팠다. 아기는 아침에 일어나면 내가 이미 가고 없는 게 싫어서 그런지 새벽에 자꾸 깨서 내가 있는지 꼭 확인하려 했고, 한번 깨면 절대 다시 안 자려고 했다. 너무 피곤했다. 버스에서 깜박 잠이 드는 게 꼭 정신을 잃고 기절하는 것 같았다. 이때 내 마음속 가장 강렬한 욕망은 첫째로는 충분한 잠이었고, 두 번째가 바로 비슷한 맥락에서 마음껏 술을 마시고 싶다는 것이었다. 정확히 말하면 술자리에 가고 싶었다. 가족 외에, 대화를 나눌 수 있는 어른들과의 목적 없이 노는 모임이 너무 간절했다. 낮술 낭독회에 가고 싶었다.

잠이 육체의 쉼과 관련 있다면 친구들과 마시는

술은 정신의 휴식과 연결되어 있다. 어쩌다 가뭄에 콩 나듯 잡은 저녁 약속에서는 더 이상 미룰 수 없을 때까지 엉덩이를 붙이고 있다가 갑자기 대화를 끊고 "그런데 나 지금 택시가 와서 갈게!" 하고 일어나 "기사님, 고속버스터미널로 9시까지 가주세요!" 외치곤 했다. '언제까지 이렇게 살아야 하는 거지? 혹시 20년?' 이런 아득한 기분이 들 때마다 술 생각도 점점 '가벼운 한잔에 즐거운 담소' 정도가 아니라 '그냥 먹고 죽자.' 하는 파괴적 음주, 마치 사고와도 같은 만취 쪽으로 내달려갔다. 그럴 짬이 안 나서 실행은 못했지만.

이 마음이 극에 달했을 때, 둘째를 가진 것을 알게 되었다. 그 후로는? 새로운 규칙에 따라 살고 있다. '난 술을 안 먹는다. 이유는 없다. 그냥 안 먹는다.' 이렇게 아예 새로운 규칙을 받아들이면, 더 이상 채울 수 없는 욕망으로 고통받지 않아도 된다. 그러나 이렇게 말하면서도 한편으로는 여전히 그립다. 잔뜩 긴장한 몸과 마음을 이완시켜주는……. 어쩌면 술보다는 함께 술을 마셨던 사람을, 특히 술을 마시고 아무 걱정 없이 풀어질 수 있던 나 자신을 가장 그리워했는지도 모르겠다. 다음 날 아침, 머리가 깨질 것 같고 물을 마시면 입 안이 코팅된 것처럼 미끌미끌한 느낌. 마치 빚쟁이가 문을 두드리듯 부끄러움이 딸려 오는 파괴적 음주. 그런 술자리에서는 꼭 싸우는 이들도 있다. 서로 통하지 않는 말로 화도 내고 눈물도 흘린다. "이제 좀 가자!" 하며 집에 안 가겠다고 떼를 쓰는 사람을 억지로 끌어내듯 집에 보내기도 한다. 아무 이유 없는 발작적인 웃음과 탄성들⋯⋯.

낭독을 함께하던 자리는 보통 그렇게까지 가진 않았지만, 가끔은 그런 일도 있었다. 이런 술과 사람들의 구질구질한 구석이 그립다. 왜냐하면 이젠 그 꼴을 볼 때까지 오래 앉아 있을 수 없기에. 그래도 언젠가는 다시 그럴 날도 올 것이다. 그 자리에 앉아 있는 나 자신을 아직 마음속으로 그리워하고 있으니까.

#3

푹신이들에게,
서로 돌봐주기

어떤 꿈은 현실이 되기도 한다. 아래는 어느 날 품었던 꿈의 목록이다.

- 밤에 집 밖에서 생맥주 한잔하고 싶다.
- 낮술낭독회에서 오래도록 자리를 지키고 싶다.
- 아기의 너무나도 강력한 중력에서 벗어나 자유롭게 시간을 쓰고 싶다.
- 친구들에게 내가 자란 집을 보여주고 싶다.

2023년 가을, 시골에 있는 부모님의 작업실을 빌려서 했던 낮술낭독회에서 이 꿈의 목록을 모두 이루었다. 그날은 아름다웠고 행복했다. 이곳은 내가 여덟 살 때부터 살던 추억의 집이기도 했다. 이사 오던 해, 붉은 흙에 회초리처럼 꽂혀 있던 가느다란 묘목들은 이제 굵은 나무가 되어 마당에 그늘을 드리우고 있다. 이 집에서 자라며 온갖 벌레와 개구리와 뱀과 새를 보았고, 개와 토끼와 고양이를 키웠다. 논밭 옆의 농로와 차가 쌩쌩 달리는 도로 가장자리를 따라 초등학교에 걸어 다녔고, 한 학년에 한 반뿐인 학교의 같은 반 친구들은 4학

년쯤 되면 대충 스쿠터를 몰 줄 알
았다. 밭에 나간 엄마 아빠한테 삽
을 갖다주는 심부름 정도는 해야 했
기 때문이다. 시내의 중학교에 가기

❖이한솔, 「13호를 펴내
며: 집 안팎을 흐르는 바
람」, 《한편 13호: 집》,
민음사, 2024, 6쪽

위해 한 시간에 한 대꼴로 다니는 버스를 기다리곤 했다.
이 집은《한편 13호 : 집》을 펴내며 썼던 발간사에도 등장
한다.

> 나는 경기도 안성의 사방이 논밭인 시골에서 자랐다.
> (……) 어린아이 특유의 무지와 낙천으로 당시엔 황폐함
> 을 잘 몰랐다. 머리가 좀 큰 뒤 반드시 서울의 학교로
> 진학해 이곳을 영원히 떠나고 싶은 마음이 강렬했던
> 만큼, 유년의 풍경에 아름다움과 그리움을 느끼는 마음
> 역시 내 깊은 곳에 그대로 있다. 나는 봄이 오면 쑥을
> 뜯고 싶고, 귀촌을 꿈꾸는 베이비붐 세대를 이해한다.❖

낮술낭독회 친구들이 시외버스를 타고, 기차를 타
고, 차를 몰고 먼 길을 와주었다. 우리는 집 안에서 이
런저런 이야기를 하다 밖으로 나와 이웃 논밭 사이로

난 길을 따라 산책도 했다. 농촌의 가을은 아름다웠다. 축사가 있는 시골에서는 나기 마련인 좋지 않은 냄새가 났다. 평소라면 '이래서 여기 계속 살 수는 없는 거야.' 하고 불평했을 테지만, 그날은 왠지 그런 것까지 다 좋았다. 그냥 이런 곳에서 내가 자랐다는 것을 자꾸 생각했다.

낮술낭독회 친구들에게는 어쩐지 솔직하게 이야기할 수 있고, 이해받을 수 있을 거라고 기대하고 믿게 된다. 내가 읽는 책을 귀 기울여 잘 들어주고, 자기 이야기로만 바로 빠져드는 것이 아니라 내 이야기의 자락을 잡고 새로 여는 식으로 대화가 이어지기 때문이다. 내가 무엇을 보고 듣고 냄새 맡으며 자랐는지 보여주고 싶고 또 알아줬으면 싶은 마음이었다.

그날 우리는 여러 책을 낭독했다. 노르웨이의 작가 욘 포세가 노벨문학상을 수상한 지 얼마 되지 않았을 때였다. 정화가 긴급하게 편집 중인 『멜랑콜리아 I-II』의 한 대목을 읽어주었다. 자신의 세계에 빠져 끊임없이 중얼대는 인물들의 어려운 마음. 눈으로만 읽을 때와 다른 리듬이 있었고 빠져나올 수 없는 그 어려움을 정말로 느꼈다. 만약 미술 교수가 자기더러 그림에 소질이 없는 사람이라 말한다면 나는 더 이상 그림을 그릴 수 없다고, 그리고 그림을 그릴 수 없다면 스스로 존재할 이유도 없다는 극단적인 생각에 빠져 있는 주인공의 절망과 고통에 마음이 아팠다. 기현이 안타까워하며 "라스, 할 수 있어!" 이런 말을 했던 것이 생각난다. 그의 절망이 다만 망상인 것만은 아니리라. 외부의 압력은 연약한 내면을 찌그러뜨리는 분명한 힘이기도 하니까.

　　기현은 아고타 크리스토프의 『존재의 세 가지 거짓말』에서 '잔혹 연습' 부분을 읽어주었다. 전쟁 통에 엄마와 떨어져 사나운 할머니에게 짐승 취급을 받으며 살아남으려 애쓰는 쌍둥이 형제가 주인공이다. 그들은 고통과 모욕, 폭언과 배고픔 등이 너무 괴로워 그에 익숙해지기 위해 서로의 뺨을 치고 사람들에게 구걸한다. 이것이 잔혹 연습이다. 그리고 그들은 집에 오기 전 사람들이 준 것들을 모조리 길에 버리고 온다. 다만 길을 가던 마음 여린 아줌마가 머리를 쓰다듬어준 것은 버리거나 되돌려줄 도리가 없었다는 부분에서는 탄식이 절로 나왔다. 기현이 낭독했던 잔혹 연습의 뒷부분이 더 있다. 쌍둥이 남매는 욕설과 냉대에는 더 이상 마음이 아프지 않게 되었다. 그리고 곰곰 생각한다. 가장 가슴 아픈 말이 무엇인지. 그건 바로 엄마가 둘에게 귀염둥이들이라고, 사랑한다고 속삭였던 말들이다. 이제 아무도 그들에게 그런 말을 해주지 않는다. 그래서 둘은 그 말을 서로에게 해준다. 이를 반복하자 그 말들은 의미를 잃고, 말을 떠올렸을 때의 고통도 없어졌다.

친구가 읽어주는 책은 언제나 혼자 읽는 것보다 재밌다. 혼자서는 읽으려고 생각하지 않았던 책들도 많다. 이렇게 재미있는 책을 왜 지금까지 안 읽었을까 하고 메모해둔다. 그러고도 몇 달 뒤에야 다 읽은 『존재의 세 가지 거짓말』은 정말 재밌는 소설이었다.

낮술낭독회에서 술을 홀짝거리며, 우리는 종종 참 기이하다, 절묘하다, 감탄한다. 물론 다음 날 혹은 시간이 더욱 흘러 술이 깨면 그 기묘함은 단지 그때의 기운 속에서만 들었던 것인가 생각되기도 한다. 다만 각자 낭독하는 글이 이어지는 그 순간만큼은 확실히 이상할 정도로 들어맞는다고, 동시에 비슷하게 느끼는 것 같다. 오랫동안 일과 낮술낭독회를 긴밀하게든 느슨하게든 함께한 덕분에 책을 읽거나 이야기를 할 때 공유하는 정서가 있는 것이다. 그리고 그 정서가 술을 마시는 시간, 낮술낭독회 자리에서 증폭된다. 문득 이 느낌을 좀 더 확장하거나 또는 그런 방법을 보급할 수 있을까 궁금해진다. 누구라도 이 즐거운 고양과 만족을 느껴볼 수 있다면 참 좋을 텐데.

지금 친구들과 함께 앉아 있는 이 집에는 내 어린 시절의 모든 것이 남아 있다. 기억나지 않는 것들까지. 이 집의 서가에는 내가 지난 시절 읽었던, 지금은 읽지 않는 책들이 꽂혀 있다. 그날 나는 하야시 아키코의 『은지와 푹신이』를 꺼내 왔다. 하도 많이 봐서 실로 묶어 제본한 책등이 떨어지려고 하는 오래된 책이다. 면지에는 어린이의 삐뚤삐뚤한 글씨로 '푹신이'라고 써 있다. 내가 어릴 때 남긴 낙서다. 이걸 썼던 기억은 나지 않지만, 글씨는 남아 있다.

푹신이는 여우 모습을 한 봉제 인형이다. 은지가 태어난 날부터 언제나 함께하며 은지를 정성스레 돌보았다. 은지가 아기에서 어린이로 자라는 동안 푹신이는 사랑받은 인형들이 그렇듯이 낡아빠져 수선이 필요해진다. 할머니에게 수선을 부탁하기 위해 푹신이와 은지 단둘이 떠난 여행길, 둘은 자잘한 위기를 만나고 극복한다. 푹신이는 인형이기 때문에 그의 보살핌은 너무나 살뜰함에도 불구하고 어딘가 어설프다. 아주 야무진 어린이도 어딘가 어설픈 데가 있듯이. 둘의 여행은 그래서 너무나 조마조마하다. 목적지인 할머니 댁을 코앞에 두고, 푹신이는 개에게 물려 쓰러진다. 정신을 잃은 푹신이를 구하는 것은, 지금까지 푹신이에게 보살핌을 받기만 했던 은지다. 이 책은 아무리 작고 어린 존재라 할지라도 서로를 보살필 수 있는 능력이 있음을 말한다. 어린이였던 나 역시 이 책을 보면서 나에게도 푹신이가 있다면, 다친 푹신이를 꼭 돌보고 싶다고 생각했던 것이 떠올랐다.

돌보는 손은 누구의 손일까

어린이가 하듯 어설픈 돌봄도 돌봄이 될 수 있을까? 세 살짜리 내 아이는 항상 자신의 역할이 있길 바라고, 무언가 도움을 주고 싶어 한다. 아이는 자신이 무언가 할 수 있음을 보여주고 싶어 하고 무리에서 쓸모 있기를 바란다. 아이가 하고 싶어 하는 일들은 내가 매일 아이에게, 가정에서 하는 것들이다.

"엄마, 내가 커피 내려줄까요?"

"내가 동생 맘마 먹여줄래!"

"나도 설거지하고 싶은데, 어른들은 할 수 있는데 왜 어린이는 못한다고 해!"

간단한 일은 할 수 있도록 내버려두곤 하지만, 어설픔을 견디고 수습하는 것 또한 바쁜 일상 속에선 큰 어려움이다. 어릴 때는 이렇게 하고 싶은 일이 왜 어른이 되어서는 꼭 숙제처럼 느껴질까? 특히 아이와 함께 하는 시간은 큰 얼음덩어리가 녹듯 어디서 어떤 부분이 쓰이는지 모르게 흘러간다. 살면서 이런 행복이 다 있을까 싶은 순간도 많지만, 헛수고로 그냥 흘러가버리는 시간은 아닌지, 남들은 이 시간에 일을 해서 경력을 쌓거나 돈을 벌고 있겠지 싶어 초조하다. 이 시간이 꼭 벌충해야 하는, 얼마나 깊은지 가늠이 안 되는 구멍인 것 같아 겁난다.

아이를 키우면서 돌봄은 나에게 새로운 주제이자 현실이 되었다. 사실 그전에는 돌봄을 내 일로 여긴 적이 없었다. 엄마가 되고 나서야 나 자신을 '돌보는 이'로 생각하게 되었던 일, 주변에서 일순간 '엄마인 네가 돌봐야지, 누가 돌봐?' 하던 그 변화와 역할의 무게에 놀랐던 일이 떠오른다. 그리고 내가 그 무게를 감당할 수 없어 도움의 손길을 뻗은 곳은 다름 아닌 나의 엄마였다. 결국 엄마에게로 콸콸 흘러가는 이 전형적인 흐름이 지겨우면서도 다르게 사는 법을 아직은 시도할 엄두가 나지 않는다. 내 맘대로 되지 않는다고 말하기엔, 내 마음부터 일단 잘 모르겠고 힘들다. 믿음직하고 편안한 엄마에게 기댈 수밖에.

아기였던 적이 없는 사람은 없기에, 누구나 생에 한 번 이상은 다른 사람의 돌봄을 받으며 살아간다. 돌봄을 받는 이가 있다면 돌보는 이도 그만큼 있어야 하는데, 사실 나부터도 누군가를 내가 돌보아야 한다고 구체적으로 생각하지는 않았던 것 같다. 가족 단위에 부과된 개인적 돌봄을 사회적인 돌봄으로 전환, 혹은 보충해야 한다는 이야기도 많다. 나도 그래야 한다고 생각한다. 그런데 그때마다 내가 좀 더 궁금한 것은, 그래서 그 돌봄을 실제로 누가 하냐는 것이다. 사회라는 이름 말고, 실제로 누군가를 씻기고 안아주는 손, 불편을 살피기 위해 몸을 기울이는 이는 누구인가? 돌보는 일, 그런 직업을 가진 이가 지금보다 많아지면 될 일이라고도 한다. 그런데 많은 사람이 그 돌보는 일을 하는 사람이 되고 싶어 하는가? 여전히 이 일은 힘들고 수고에 비해 보수는 적다. 존경받는 일도 아니다. 돌봄 노동에 대한 열악한 처우는 돌봄의 가치가 적다고 여기는 사회적 인식이 그대로 반영되어 있다. 이러니 돌보는 역할을 하게 되었을 때, 아니라는 것을 머리로는 알면서도 인생 낭비를 하는 것은 아닌지 문득 불안하고 겁이 날 수밖에.

편집했던 책 『구체적인 어린이』의 저자 김유진 선생님과 출간 후 북토크를 몇 차례 할 기회가 있었다. 북토크 자리에서 선생님이 어린이에게도 돌봄의 책임을 일러주고, 할 수 있다고 여겨야 한다는 이야기를 해주셨다. 우리 모두 돌보는 존재가 될 수 있어야 하고, 그것은 어른만을 향한 요청이 아니라는 말이었다. 조지 섀넌의 그림책 『손으로 말해요』에 그림을 그린 유태은 작가는 여러 일을 하는 손의 모습 중 하나로, 어린이의 손도 빼놓지 않고 그렸다. 동생이 든 컵에 우유를 조심스럽게 따르기도 하고, 자기보다 더 어린 아기와 놀아주느라 바쁜, 이 아이들의 태도는 사뭇 진지하다. 언제나 돌봄을 받기만 하는 존재로 여겨지는 어린이도, 충분히 돌보는 손이 될 수 있다. 김유진 선생님은 약한 존재인 어린이에게 짐을 지우려는 것처럼 받아들여질까 우려하며 조심스럽게 말을 고르셨다. 만약 우리 모두 어린 시절부터 전 생애에 걸쳐 돌봄의 주고받음에 익숙해질 수 있다면, 돌봄을 누가 할지 논할 때 어느 한쪽으로만 쏠리지 않을 것이다. 그러면 돌봄이란 언젠가 치러야 할 숙제도, 잘못 걸려서 나 혼자 수행해야 할 형벌도 아닐 수 있다는 이야기였다.

생각해보면 돌봄은 어디에나 있다. 24시간 대기

해야만 하는, 필요하다면 새벽에도 일어나 허리를 굽혀 두 손과 품을 내어주어야 하는 고강도의 돌봄 말고도, 어설프고 얕고 가끔일 수 있는 돌봄. 아주 살짝 남을 향해 몸을 기울이는 일. 함께 커피 마시기. 가끔 안부 묻기. 어느 주말에 만나 같이 대화하고 낭독하며 술이랑 커피랑 차를 마시기. 이런 것도 다 돌봄일 수 있지 않을까? 얕고 깊은 다양한 돌봄의 양상이 있을 때 삶이 제대로 꾸려진다. 삶에서 손해를 보거나 공백이 되는 시간 덩어리, 효율화하고 벌충해야 할 인생의 구간이 아니라 그 자체로 내 삶을 구성하고 있는 짙고 연한 돌봄의 시간들. 서로에게 관심을 갖고 몸을 기울이고 손을 내밀고 옆자리에 앉아 있는 그 시간들이 있어서 살 수 있다.

낮술낭독회의 자리에서도 돌봄은 그렇게 항상 오갔다. 그런데 그 돌봄은 회사와 집이라는 일상에서의 관계와는 아주 다른 양상을 띤다. 혹은 내가 그렇게 느낀다. 그건 내 몸과 마음의 다른 면에 볕을 쪼이고, 다른 부분을 어루만져준다. 회사 사람을 회사가 아닌 그 사람의 집에서 만난다는 것은 낯선 감각을 가져온다. 제자리에 있지 않은 느낌이기도 하다. 똑같은 친구들이지만 회사의 회의실이나 복도, 메신저 속에서는 가능하지 않은 대화와 시간이 왜 낮술낭독회에서는 가능할까? 여기가 나의 '헤테로토피아(hétérotopie)'이기 때문이라고 말한다면, 이건 과할까? 철학자 미셸 푸코는 '헤테로토피아란 현실에 존재하는 동질적이고 규칙적인 공간과는 다른 예외적이고 비일상적인 공간'이라고 했다. 꼭 짜맞춰진 듯한 현실에 생긴 크고 작은 틈을 보여주고 어쩌면 현실보다 더 많은 진실을 드러내기도 하는 공간. 유토피아는 실제로 존재하지 않지만, 헤테로토피아는 존재한다. 우리는 낮부터 모여서 술을 마시고, 책을 소리 내어 읽고, 상대의 목소리에 귀를 기울인다. 우리가 회사에서 만났을 때는 좀처럼 일어나지 않는 일들이다. 이 자리에서 일어난 일들은 집으로 돌아간 다음, 주말이 지나 월요일 회사에 출근한 뒤의 현실을 전과 다르게, 새롭게 만든다.

어느 해인가 그날의 낮술낭독회가 막바지에 이르러 거의 자리가 파하기 직전, 그때 내가 처한 상황에 불만을 터뜨리고 아주 어두운 바람을 결국 소리 내어 뱉었을 때를 기억한다. 내 귀로 다시 들리는 내 목소리를 멈추고 싶은데 그럴 수가 없었다. 이런 마음을 남이 알게 하다니 경악스러우면서도 뱉은 말을 어찌할 수가 없었다. 나를 둘러싸고 앉은 친구들은 그 말들을 묵묵히 들어주었다. 그리고 그중 새벽이 입을 떼어 음습하게 고여 있을 것이 아니라 밝은 데 꺼내놓고 바뀔 수 있도록 행동하는 방향을 함께 생각해보자고 말했다. 취기가 가득한 자리 한가운데에서 그런 단정한 말이 나왔다. 순간 나는 섭섭하면서도 안도했다. 그로부터 시간이 꽤 지난 지금에 이르러서는 안다. 그때 그 자리에 있던 이들의 묵묵함은 아무것도 하지 않음이 아니라 위태로운 나를 배려하는 적극적인 행동이었음을. 사실 시시때때로 그 방향을 각자 곰곰 생각하면서 나의 곁에 계속 함께해주었다는 것을 정말로 알고 있다.

그날 나의 시골집에서 내가 읽는 『은지와 푹신이』를 듣고 모두 눈물을 흘렸다. (정화만 빼고. 원래 눈물이 별로 없다고 했다.) 나는 모두가 은지와 푹신이처럼 서로를 돌볼 수 있다고 말했다. 아주 서툴고 잘 안 되더라도,

우리가 그러려고 하면 할 수 있다고. 나의 조금 부끄럽고도 너무나 사랑스러운 옛집에 둘러앉아서 내가 어린 시절 매혹되었던 이야기에 눈물 흘리는 이들을 보게 된다면 어떤 마음일까? 이건 절대로 잊을 수 없다. 현실이라고 믿기 어려울 만큼 갑자기 모두와 가까워진 듯한 느낌. 그 순간만큼은 우리가 자신의 몸을 서로에게 아주 엇비슷한 기울기로 기울이고 있는 것이 보였다. 푹신이의 마음, 은지의 마음이 모두 다 내 마음과 멀지 않았다.

4

두 번의 통영 여행

정화는 통영에 집이 있다. 집의 이름은 '봉수아'. 40년이 넘은 아주 오래된 아파트다. '봉숫골'이라는 깜찍한 마을 끝자락에 있다.

정화는 예기치 않게 생긴 여윳돈으로 다소 충동적이게 이 집을 샀다고 했다. 보일러가 고장 나 난방도 없고 벽지가 다섯 겹으로 벽에 눌어붙은 작고 낡은 집이었지만 창밖으로 보이는 나무가 너무 멋졌다고 한다.

나는 그 나무를 직접 보았다. 정화가 붙여준 나무의 이름은 '무용'. 아파트만큼이나 오래된 낙엽송이다. 낙엽송은 일제 강점기에 목재로 쓰기 위해 많이 심었으나 이제는 쓸모가 없어 더 이상 심지도 가꾸지도 않는다고 한다. 나는 이 이야기를 정화에게서 직접 듣기도 했지만, 그의 책 『나의 손이 내게 말했다』에서 읽었다.

재주가 많고 성실한 정화는 서울에서 너무 많은 역할을 감당하며 자신의 쓸모를 마지막 한 방울까지 짜서 일을 해내며 살았다. 더는 그렇게 살 수 없다는 생각이 들 때쯤 이 나무를, 이 집을 만났다고 했다. 여기까지 알고 나니 충동구매라고 할 수 없다. 지금의 정화로 새로 살기 위해 정화는 연고도 없는 통영에 집을 살 수

밖에 없었던 것 같다.

2020년 여름, 새벽과 함께 봉수아에 놀러 갔다. 주인보다 우리가 먼저 통영에 도착했다. 세컨드 하우스라니! 말만 들어도 근사했다. 봉수아가 있다는 말만 듣고 확정한, 거의 무계획 여행이었다. 통영은 바다가 있으니 바다 수영도 해야겠다고 막연히 생각했다. 점심을 먹고 커피를 한 잔 마신 후 걸어서 아주 작은 해변에 도착했다. 수영에 한창 빠져 있어 물에 들어갈 기회만 있으면 수영복을 갖춰 입고 나가는 나는 바다에 들랑날랑하고, 새벽은 평상복으로 모래사장에 앉아 물놀이하는 사람들을 구경했다.

한참 뒤 새벽도 물에 뜰 줄은 모르지만 수영을 한 번 해보고 싶다고 했다. "몸에 힘을 다 빼고, 머리를 물에 넣어야 해! 귀가 잠기게!" 이런 말을 하며 새벽을 물에 넣었다 뺐다 했던 것 같다. 내가 즐거우니 그도 즐거웠겠거니 생각했는데, 혹시 새벽이 거절을 못한 것은 아니었을까 지금에서야 문득 걱정이 된다. 새벽은 잠깐 쉬어야겠다며 바다에서 나와 모래사장에 누워 기절한 것처럼 잠을 잤다. 엄청 차가운 물만 나오는 간이 샤워장에서 씻고 다시 걸어서 봉수아로 돌아가는 길, 비가 후두둑 떨어져서 샤워를 한 번 더 한 셈이 되었다. 정화는 "여기 해수욕장이 있었어?" 하며 재밌어했다. 그렇지만 정화는 그 후에도 바다 수영을 했던 것 같지는 않다.

근사한 저녁을 먹고, 이어진 술자리에서 새벽과 정화가 작은 말다툼을 했다.《한편 4호: 동물》을 만들며 차용한 철학자 자크 데리다의 어떤 개념에 대해 정화가 동의할 수 없다고 한 데서 시작했다. 누가 맞고 틀린 문제는 아니었으나 서로 다른 관점이 맞서게 되었고, 어느 한쪽도 빠르게 물러설 생각은 없어 보였다. 사실 내용 자체가 좀 지루하기도 하고 갑자기 싸움이 시작된 게 당황스럽기도 해서 나는 무의식적으로 그 자리에서 정신을 멀찍하니 두었던 것 같다. 둘은 그렇게 사람이 없어 조용한 술집을 가득 채우며 열심히 말을 주고받더니만, 그러고는 또 곧장 화해도 했다. 새벽이 그 과정에서 눈물을 조금 보여서 내가 "운다."라고 말했더니 "아니거든!"이라고 했다. 정화는 울지 않았다. 눈물이 별로 없다고 듣게 된 일은 또 나중의 이야기다. 사실 친구와의 싸움도 화해도 조금 잊고 살았는데, 신선하다면 신선했다.

그러고는 또 봉수아에서 술을 마시며 밤새 많은 이야기를 했다. 무슨 이야기를 했던가? 그쯤 나는 아이를 낳아야 할까, 낳는다면 언제 낳아야 할까 고민하고 있었고, 언제나처럼 회사 생활의 어려움도 있었다. 아마 그런 얘기를 했던 것 같다. 여러모로 선배인 정화가 열심히 듣고는 자기 이야기를 해주었다. 내가 해봤더니 어떻게 하면 된다는, 정답을 알려주는 예언은 아니었다. 어떤 쪽이든 너라면 해낼 수 있을 거라는 응원이었다. 정화는 항상 그랬다. "솔은 잘할 수 있을 거야." 경험이 많은 사람 눈에는 그냥 빤히 보이는 일도 있을 텐데, 어떻게 하라는 말을 하지 않았다. 그날 우리가 낭독도 했던가? 기억나지 않는다. 봉수아는 주인인 정화를 닮아 소박하지만 멋이 있는, 아주 낭만적인 곳이었다.

그로부터 햇수로 5년이 된 올해 봄, 통영에서 낮술 낭독회를 한다고 했다. 마침 통영에 벚꽃이 필 시기였다. 봉수아가 있는 봉숫골에 넘실거릴 벚꽃, 낮술, 친구, 바다를 생각하니 너무 가고 싶었다. 그런데 내가 어린 두 아이를 떼어놓고 그렇게 멀리까지 갈 수 있을까? 게다가 생후 6개월인 둘째는 분유도 먹지 않고 오로지 모유만 고집하는 아기였다. 고민을 털어놓으니, 남편이 "그럼 우리 다 같이 가면 되지 않을까?" 대답했다. 그렇게 두 번째 통영 여행은 온 가족이 함께하는 여행이 되었다.

스스로 가장 어른이 된 것처럼 느끼는 순간이 있다. 바로 두 아이를 차 뒷좌석에 태우고 먼 데까지 갈 때다. 아이들은 차가 달리는 동안 각자 제 카시트에 앉아 칭얼대거나 잠을 잔다. 목 놓아 울거나 오줌이 마렵다고 하면 처음엔 조금 무시해본다. 아직 졸린 것과 다른 욕구를 잘 구분하지 못해서 그러고는 금방 잠들기도 하기 때문이다. 그러나 아니라면, 최대한 빨리 차를 세우고 문제를 해결해야 한다. 원래 세 시간 반이면 가는 길이지만 다섯 시간이 넘게 걸렸다. 휴게소에 세 번 들르고 그때마다 스티커북과 과자, 뽑기를 사줬다. 청주 옥산휴게소에서 큰아이에게 우동을 먹이고 작은아이에게 젖을 먹였다. 금산 인삼랜드휴게소에서는 화장실에 가다가 사람의 형태를 닮은 인삼 조형물을 보고 흠칫 놀랐다. 고성 공룡나라휴게소는 그 이름부터 큰 아이의 가슴을 설레게 했지만 실상 공룡과 관련된 흥미로운 것은 아무것도 없었다. 그렇게 쉬엄쉬엄 갔는데도 마지막 10분은 아이들이 너무 힘들어하며 차 안을 비명 같은 울음소리로 가득 채웠다. 근처에 마침 다른 일정이 있던 시부모님까지 통영으로 와주셨다. 어른 둘이 더 온 덕분에 아이 둘을 데리고도 코가 아니라 입으로 밥을 먹고, 화장실도 조금 여유롭게 다녀올 수 있었다. 첫날 저녁은 가족들과 바다가 내려다보이는 식당에 갔는데, 들어서면서부터 무척 익숙한 느낌이었다. 바로 5년 전 정화, 새벽과 함께 갔던 곳이었다. 두 번째 통영 여행은 이렇게 첫 통영 여행과 겹치며 묘한 향수를 불러일으켰다.

다음 날, 아이들이 점심을 먹고 제 할머니, 할아버지 그리고 아빠와 노는 동안 "그럼, 나는……." 눈짓을 어른들에게 보내고 일어나서 골목길을 약간 걸었다. 5분도 지나지 않아 봉숫골에 도착했다. 길 하나를 건넜을 뿐인데 갑자기 몸과 마음이 너무나도 가벼워져,

꼭 넘어질 듯이 발걸음이 날아갔다. 아이 둘이 뒷좌석에 타고 있을 때의 무게감이 갑자기 사라진 듯했다. 다시 찾은 봉수아는 사랑스러움은 그대로인 채로, 더욱 쾌적해져 있었다. 화장실도 고치고 세간도 많이 늘었다. 정화의 손길이 닿지 않은 곳이 없었다. 봉수아 앞 카페에서 잠깐 커피를 마신 후 같이 먹을 부침개도 사고 막걸리도 샀다. 이곳에서 현주, 세영, 정화와 함께 넷이 이야기를 나누었다. 짧은 시간이었지만, 이곳에 낮술낭독회 친구들과 함께 있을 수 있었던 것만으로도 후련했다.

아이 둘의 엄마가 되고 나서는 이렇게 멀리 집을 떠나본 적이 없었다. 마지막 긴 여행이 앞서 언급한 이탈리아 여행이다. 아직 첫아이가 돌이 채 되지 않았을 때, 열흘 정도 내 부모님에게 아기를 맡겨두고 남편과 둘이 간 것이었다. 오래 꿈꾸고 바라며 돈을 모아 간 여행이었다. 그런데 책 속에 등장하는 그 유명한 돌바닥을 밟고, 아름다운 다리를 건너고, 수천 년 전 건축물 옆에서 커피를 마시면서도 정작 머릿속으로는 걱정을 멈출 수 없었다. 아기의 중력은 너무나 강력했다. '잘 있을까? 많이 울고 있으려나? 새벽에 깰 때마다 내가 다시 안아줘야 자는데, 잠은 잘 잘까?' 이런 생각은 무척이나 무거워서 여행 내내 머리에 지고 다니려니 나중엔 너무 고통스러웠다. 어서 집에 돌아가고 싶었다.

떠나기 전엔 아기만 없으면 너무나 잘 쉴 수 있을 것 같았다. 매일 보던 풍경이 정말이지 답답했다. 몇 시간도 집을 떠날 수 없는 처지라고 불평했다. 그러나 결국 스스로 쉴 준비가 되어 있지 않다면 떠나서도 쉴 수 없다는 당연한 진실을, 집으로 돌아가는 작은 비행기 의자에 앉아 아기가 보고 싶어 눈물을 흘리면서야 제대로 마주했다. 그리고 그 눈물에는 아기를 돌봐주는 엄마 아빠뿐 아니라 심지어 아기까지도 나를 위해 무리했는데 간만의 여행을 제대로 즐기지 못했다는 낭패감이 함께 자리하고 있었다.

봉숫골에서 짧은 마실을 마치고 다시 아이들에게 돌아왔을 때, 나는 행복했다. 이탈리아에서의 어려운 마음과 통영에서의 후련함은 무엇이 달라서였는지 계속 생각한다. 내가 가고 싶은 곳을 가고, 만나고 싶은 사람을 만나는 것, 현재 내 상황에서는 그렇게 할 수 없다고 미뤄두었던 일을 결국 해내는 것이 중요했다. 주변 사람들까지 너무 힘들겠거니 지레 포기하곤 했던 것이 무색하게, 할 수 없는 일이 아니었다. 얼마나 오래 머물렀는지는 그렇게 중요하지 않았다.

　나는 생각보다도 더 자유롭고 싶었다. 그런데 일상과 너무나 단절된 전환은 오히려 역효과였다. 평소 애지중지하는 소중한 것들을 포함한 삶의 여러 짐들을 단번에 내려놓으라는 요구가 되어 그 자체로 나를 짓눌렀다. 누군가는 거기서 해방감을 느끼기도 할 테지만, 감당하기에 내 그릇이 너무 작았다. 짐을 내려놓는 것도 힘들뿐더러, 다시 그 짐을 져야 하는 때가 가까워지자 겁에 질리고 말았다. 방학 숙제를 한꺼번에 해야 하는 아이처럼 압박감에 헐떡였다. 너무 큰돈, 그리고 시간을 길게 쓰는 사치를 했으니 엄청나게 만족해야 할 것 같은데 딱히 그렇지도 못한 데 스스로 실망스러웠다. 오랜만의 긴 여행에 된통 체한 셈이었다.

　지금의 나에겐 통영과 같이 좀 더 짧은 국내 여행과 일상에서 수시로 할 수 있는 작은 전환이 더 맞는 것 같다. 일상과 연결된 작은 전환들. 책 읽기일 수도,

혼자 영화를 보는 시간일 수도, 자기 전 일기 쓰기일 수도, 옆 도시로 반나절 드라이브를 다녀오는 것일 수도 있다. 이런 여유도 없다면, 평소 출근길에 사 마시거나 회사 커피 머신을 이용해 마시던 커피 대신 아침에 조금 일찍 일어나 드립 커피를 한 잔 내리는 정도라도 좋을 것 같다. 변주가 없는 일상은 지루하고, 일상을 지워버릴 정도의 변화는 자연스러운 내 모습이 아닌 것만 같다. 아주 작은 차이에서 만들어내는 틈, 작은 쉼. 일상에 연결되어 있는 작은 비일상은 쉽게 그 틈으로 들어갈 수 있다. 그리고 그 틈 안은 들어가보면 언제나 밖에서 가늠한 것보다 더 넓다.

크빈트 부흐홀츠의 『순간 수집가』는 이런 틈에 대한 그림책이다. 주인공 소년은 학교에서 돌아오면 같은 건물에 사는 화가, 막스 아저씨의 집에 가서 놀곤 한다. 내성적이고 바이올린 켜길 좋아하지만 자신감이 없는 아이는 자신에게 "예술가 선생님, 정말 멋진 연주였어요."라고 말을 건네고, 먼 나라를 여행하며 본 것들을 이야기해주곤 하는 막스 아저씨를 무척 따른다. 어느 날 아저씨는 화실에 '나'만을 위한 전시장을 마련한다. 그 그림들은 평범한 일상을 사진으로 찍어놓은 것처럼 고요하지만, 종종 꿈속에서 볼 법한 풍경이 깃들어 있다. 긴 이야기의 한 순간을 우연히 훔쳐본 것 같다. 모든 그림 속에는 작은 뒤틀림이나 틈새 같은 것이 있어서 아이는 그림에 빨려 들어가듯 그 앞에서 많은 시간을 보낸다. 막스 아저씨는 말한다. 어떤 그림이든 비밀이 있어야 하고, 그건 그린 자신조차 모를 수 있다고. 자신은 그저 순간을 수집할 뿐이라고. 이런 비밀은 단지 그림 속에만이 아니라 우리 각자의 삶에도 있다. 그게 있는 줄도 모르고 흘려보낼 것인지, 아니면 문득 낚아채어 삶을 확장할 것인지는 사실 매일매일 선택할 수 있을지도 모른다. 이런 틈을 많이 만들어놓는다면, 바깥보다 안이 훨씬 더 큰 주머니 같은 사람이 될 수 있을지도.

낮술낭독회 이야기로 다시 돌아와볼까? 종종 낮술낭독회 이야기를 할 기회가 있는데, 회사에서 만나는 사람들을 주말에도 따로 만나서 낮부터 책을 읽고 술을 마신다고 하면 무척 놀라거나 "지겹지 않아?" 하는 질문을 받는다. 지겹지 않냐는 물음에 대한 대답은 '지겹지 않고 재밌다.'이기 때문에 이런 책도 쓰게 된 것인데…… 매일같이 사무실에서 얼굴을 마주하는 사람과 친하게 지내는 것에는 이점이 많고, 나이가 들수록 시간을 따로 내어 친구를 새로 사귀거나 즐거운 만남을 가지기 어렵다는 대답도 얼핏 떠오른다. 하지만 이건 사실 회식을 좋아하고 사무실에 주야장천 앉아 있을 것 같은 옛날 사람의 생각이 아닌가 싶어 조금 머쓱하다. 남에게 권할 만한 것이 아니라고도 느낀다.

아 다르고 어 다른 것처럼 느껴지기도 하지만, 다만 말하고 싶었던 것은 이렇다. 주어진 일상에서 너무 벗어나지 않고도 즐거움을 찾을 수도 있다고. 일에서 헤어나기 힘들다면 아예 그 관계를 깊이 파고들어 새로운 국면을 만들어낼 수도 있을 것이다. 힘을 빼고 머리를 물에 넣어버리면 오히려 뜨게 되는 것처럼. 완전히 새로운 나를 창조하거나 낯선 이들 사이에 놓지 않아도 되어서 오히려 더 잘 쉴 수 있다는 것이 여전히 이상한 이야기로 들릴까? 낮술낭독회 친구들이 책을 읽어주는 소리에 귀를 기울이면서, 이 자리에 수많은 가느다란 틈이 있음을 느낀다. 술과 책과 말하고 듣는 사람이 있어 만들어지는 그 틈 사이에서 나는 어디서보다도 더 편안하게 숨을 쉬고 놀곤 하는 것이다.

한솔이 추천하는
낭독하기 좋은 책

『돌봄, 동기화, 자유』 무라세 다카오

#인문

인지 저하가 있으면, 자유를 속박당해야 하는가? 평생 스스로 책임지며
살아왔던 성인인데? 이러한 질문에 아니라고 답하며 일본 요양원을 운영하는
원장의 에세이. 육아휴직 기간 동안 읽은 모든 것 중 나는 이 책에 가장 깊게
공감했다. 돌봄을 해본 사람이라면, 이런 대목을 읽고 고개를 끄덕일 수밖에
없다. 신입 직원이 야간 근무를 마치고 아침 회의 시간에 지난밤의 근무 상황을
보고한다. 거동이 불편한 할머니가 밤새 주무시지 않고 침대를 내려가려고
하여 몇 번이고 반복해서 막아야 했다고. 책의 저자인 원장은 짐짓 진지하게
묻는다. 몇 번째에서 할머니를 때리고 싶었느냐고. 돌봄의 의미와 가치,
사랑과 헌신만을 말하면 돌봄 노동을 하는 이의 한계를 인정하지 못하게 된다.
오히려 위험하다. 사람은 원래 그렇게 못나고 약하고, 그걸 인정해야만 잘
돌볼 수 있음을 이제는 이해한다. 웃기고 놀라운 요양원의 일상 에피소드를
따라가다 보면 어느새 단편적인 시각을 훌쩍 뛰어넘게 된다.

『이끼와 함께』 로빈 윌 키머러

#인문

혹시 산책하며 이끼를 자세히 본 적이 있는지? 눈에 띄는 꽃도 없고, 땅이나
나무, 바위 표면에 고요하게 붙어 있을 뿐인 이끼는 아무리 생각해도 주인공이
되기 힘들 것 같지만 식물생태학자인 키머러는 이런 이끼에 주목한다.
북아메리카 원주민 출신으로서 품고 있는 자연과의 유대감, 그리고 여성이자

어머니로서 체득한 주변을 향한 시야와 실용적 감각이 이끼의 삶을 말할 때
더욱 빛난다. 이 책을 낭독하던 날, 한 친구가 "『이끼와 함께』는 키머러의
대표작은 아닌데, 왜 이 책을 골랐어?"라고 물어보았는데, 이렇게 대답하고
싶다. 그때 나는 무엇이든 작고 눈에 띄지 않는 것에 더 끌렸다고.

『악어의 눈』 발 플럼우드

#인문

카누를 타고 홀로 뱃놀이를 하던 어느 날, 생태철학자 발 플럼우드는 야생
악어에게 습격받는다. 악어는 사냥감이 쉽게 도망치지 못하도록 우선 물에
끌고 들어가 빠뜨리는 '죽음의 소용돌이'라는 사냥 방식을 쓰는데, 플럼우드는
여기 제대로 당했으나 기적적으로 목숨을 건진다. 먹이가 되는 경험. 인간은
모든 것을 먹을 수 있고, 무엇을 먹으면 안 된다고까지 스스로 정할 수 있다고
여기게 되었지만, 스스로 먹이가 될 수 있다고는 생각하지 않는다. 플럼우드는
이러한 충격적 경험으로부터 말미암아 인간과 비인간, 정신과 몸, 문명과
자연에 대한 거대한 질문을 담담히 밀고 나간다. 읽는 이에게 말을 걸듯
쓰인 그의 글들 중 가장 많이 미소를 지었던 것은 야생 웜뱃 비루비에 대한
조사(弔詞)다. 타자와 함께해본 적 있는 이라면, 누구나 마음이 열릴 수 있을
것이다.

『지부장의 수첩』 최수근

#에세이

이런 얘기는 친구들에게 말하기 부끄럽다. 나는 열심히 일할 때가 많다고,
일하면서 보람을 느낀다고. 너무 자기계발적인 구호 같아서다. 2021년 《한편
5호》로 '일'이라는 주제를 정하면서, 이런 생각을 전보다 꺼내어놓게 됐고,
외국인 학생들에게 한국어를 가르치는 최수근 선생님에게 글을 청했다.
이후 새벽이 이어 선생님이 기록한 나날을 책으로 만들었다. 그의 일기에는
학생들을 가르치는 일과 국내 최초 한국어 강사 노동조합을 만들어 지부장을
맡아 하는 일이 교차하고 있었다. 나는 일을 하면서, 사람은 누구나 어느
정도는 자신의 일 자체에 헌신하고자 하는 속성이 있음을 알게 되었다.
그리고 일하는 이의 순진함이란 그런 데서 기인한다는 것도. 최수근 선생님은
누구보다도 그런 순진함을 지닌 이였고, 그렇기 때문에 그가 더 나은 일터를
위해 분투하고 변화하는 기록을 읽으며 마음이 무거워지기도 하고 또 정체
모를 희망이 샘솟기도 했다. 일하며 불만이 없는 사람이 있을까? 외로움을
느끼거나 막막함을 느낀 적은? 읽으면 이상한 용기가 생기는 책이다.

『눈물 없는 뜨개』 엘리자베스 짐머만

#실용 에세이

뜨개질을 잘 못하지만 좋아한다. 계속해서 손가락을 놀리면 무언가를
만들어낼 수 있다는 데서 얻는 즐거움이 있다. 책 만드는 일을 좋아하는 것과도
비슷한 구석이 있을지 모르겠다. 전반적으로 재밌지만 무척 지루하거나
까다롭고 어려운 구간이 반드시 있는데, 이를 잘 넘기면서 끝까지 가면 처음엔
없던 '물건'이 생긴다. 뜨개질은 여성의 일이라는 이유로 과소평가된 행위
중 하나다. 전 세계 뜨개인들의 스승이라고 일컬어지는 저자 엘리자베스

짐머만은 말한다. 뜨개는 위안이자 영감이자 모험이자 심신의 치료제라고. 이 말에서 모든 것을 아는 할머니의 위엄과 성공한 사업가의 노련함을 느낀다. 이 책은 실제 옷을 뜨는 법을 알려주는 실용서이기도 한데, 현대적인 도안이 아니라 할머니가 옆에서 가르쳐주듯이 말로 된 설명이 실려 있어서 설령 뜰 생각이 없더라도 빠져든다.

『은지와 푹신이』 하야시 아키코

#그림책

이 그림책의 원제는 '곤과 아키'다. 곤은 푹신이가 되고 아키는 은지가 되었다. 은지는 요즘 이름은 아니고 딱 내가 어릴 때였던 1980~1990년대에 무척 많았다. 해마다 반에 두세 명씩도 있었던 그 친근한 이름들이 이 책을 읽을 때마다 생각난다. 은지, 민지, 지혜, 다솜이, 혜진이……. 그 어린이들은 자라 이제 어른이 되었지만, 어린 마음은 사라지지 않고 어딘가에 남아서 가끔 튀어나온다. 이 책을 읽을 때마다 어린이가 되어 푹신이가 기차 자리로 돌아오지 않아 조마조마해한다. 둘이 껴안고 바다 앞에 선 모습은 아주 고전적인 사랑하는 사람들의 마지막 같아 슬프다. 이 책은 아주 서툰, 아주 어린, 아이라도 사랑의 힘으로 몸을 기울일 수 있고 그것이 얼마나 진지하고 아름다운지 보여준다. 내 아이에게 읽어줄 때마다 울게 된다.

『바닷가 탄광 마을』 조앤 슈워츠, 시드니 스미스

#그림책

소박한 바닷가 마을의 풍경과 평화로운 일상이 그린 듯 아름답게 펼쳐지는 책이다. 특히 바다의 반짝이는 수면은 그야말로 환해서 다 함께 이 반짝이는 그림을 보면 좋겠다는 생각으로 친구들에게 펼쳐 보여주었다. 바로 다음 장 바다 아래 깊은 땅속에서 석탄을 캐고 있는 일하는 이들의 모습이 등장하는 순간, 마음이 쿵하고 떨어진다. 환한 밖에서 뛰놀면서도 문득 어두운 바다 아래 땅속에서 석탄을 캐는 아빠를 생각하는 아이가 있다. 지금은 아마 이 탄광 마을도 모두 다 쓸쓸해졌을 거다. 우리나라의 사북이나 태백처럼. 그 사람들이 살던 마을의 아름다움에 아름답다고, 그 힘든 일을 했던 이들의 고됨에 고된 일이었다고 정확하게 하는 말은 여전히 너무 적다.

『대혼란』 키티 크라우더

#그림책

정리정돈을 잘 못하는 주인공 에밀리엔의 생각과 말은 꼭 내 속에서 나온 것 같다. 키티 크라우더가 만든 사람들이 하는 말을 소리 내어 읽으면 너무 귀엽다. 친구, 일상, 추억, 물건 정리와 어지르기에 대한 이야기다. 또 한편으로는 서로 다른 삶의 질서를 가진 이들이 어떻게 서로 마주보아야 하는지에 대한 이야기이기도 하다. 여유롭게 내키는 대로 생활하며 물건을 잘 정리하지 못하는 '에밀리엔', 보기 싫은 것은 싹 쓸어버리고 깔끔하게 사는 것을 좋아하는 '실바니아', 그리고 작은 물건에 얽힌 긴 이야기를 어루만지길 좋아하는 '미크'. 여럿이 함께 읽으면서 세 사람 중 어느 쪽에 가까운지 각자 이야기를 나누어보자.

『미오, 나의 미오』 아스트리드 린드그렌

#동화책

아스트리드 린드그렌은 어린이의 외로움과 슬픔을 안다. 그 마을에서 가장
외로운 아이가 꾸는 꿈이 무엇인지 아는 작가다. '미오'는 추운 거리에서,
쓸쓸한 공원 한구석에서 오지 않는 아빠를 기다리는 아이의 꿈속 이름이다.
다만 꿈속 세상에도 악이 있고 무서움과 슬픔이 있되, 미오에게는 그에 맞설
용기도, 함께 길을 나설 친구도 있다. 스스로 약해졌다고 느낄 때마다 우리가
이렇게 작고 외롭지 않았으면 좋겠다는 미오와 친구의 가엽디 가여운 말,
어쩌면 기도를 되뇌어본다.

『감기 걸린 날』 김동수

#그림책

꿈 이야기를 자꾸 하게 된다. 꿈은 꿈이라 조리가 없다. 그러나 어쩌면
현실보다도 더 생생한 감각과 감정이 있다. 새로 산 패딩 점퍼 속 가득한 깃털은
오리로부터 왔는데, 그러면 헐벗은 오리는 춥지 않을까? 겨울밤이 이렇게
추운데. 아이는 새 점퍼를 입어보며 좋아하다 문득 그런 생각을 했을 거다.
너무 춥다는 감각, 안쓰럽다는 감정이 주재료가 되어, 아이는 엄청난 꿈을
꾼다. 그리고 다음 날 감기에 걸린다. 겨울밤, 이 책을 친구들과 읽으며 묘한
방식으로 함께, 같은 것을 느끼는 일에 대해 이야기해보고 싶다.

낭독은 기세다

신새벽

낭독은 기세다

술 마시며 대화하기

술 마시며 대화하기

프루스트 질문지라는 게 있다. 19세기 후반 영국에서 유행했던 사교 놀이에서 유래한 것으로, 질문 목록을 공유하면서 서로 답하고 노는 데 쓰인다. 작가 마르셀 프루스트가 청소년 때 친구가 건넨 질문지에 답한 게 발견되면서 그 이름이 붙었다고 한다. 프루스트 질문지 중에는 "내가 가장 좋아하는 활동은?"이라는 질문이 있다. 블로그 이웃을 따라 질문지에 답변을 쓰면서 나는 이 질문에 제일 빠르게 답할 수 있었다. 내가 가장 좋아하는 활동? 술 마시며 대화하기.

물론 술만 마시는 것도 좋아한다. 커피도 차도 좋지만, 술을 마실 때 가장 편안하다는 점이 단 한 가지 다르다. 술을 마셔야 비로소 긴장이 풀린다. 어쩔 수가 없다. 술을 끊는 것도 좋을 것이다. 그래야 좋을 수도 있다. 나는, 아이를 가지기 위해 시작한 금주가 5년째 이어지고 있는 한솔과 40대의 어느 한 자락에 폭음이 잘 안 되기 시작한 정화 사이에 있다. 내가 삶에서 술 마시며 대화하기를 최우선에 놓던 시절, 늘 같은 탁자 앞에 앉아서 회사 이야기 사는 이야기를 하고 울고 웃던 동료 친구들이다.

낮술낭독회에는 지금은 회사에 없는 동료도, 사무실에서 5일 내내 보고도 토요일에 또 보고 싶은 동료도 있다. 다들 술을 좋아하고 책도 좋아한다. 책을 만드는 사람이 책을 좋아한다고? 그런 순진한 태도가 가능한가, 하고 의심한다는 점에서 서로 통하는 나와 동료들은 책을 좋아한다. 마치 180도를 돌면 반대 방향에 서지만 360도를 회전하면 같은 자리로 돌아오듯이, 우리들은 책을 싫어하다가도 책을 좋아하게 되었고 그 바탕에 낮술낭독회가 있다.

책 끼워 넣기

대화하기 위해서는 책이 필요하다. 나는 책의 좋음을 찬송하는 편집자의 대열에 들어가고 있는 것일까? 그렇다. 좋은 대화를 하기 위해서는 책이 필요하다.

대화란 무척 빠르게 이루어지는 판단, 이야기에 귀를 기울이는 노력, 상대와 호흡을 맞춰가는 분투로 구성된 춤 같다. 지금 대화가 잘되어가고 있는지 즉각 알아채고, 대체 무슨 이야기를 하는 건지 알아듣느라 노력하고, 한쪽만 긴 독주를 하지 않도록 돌아가며 호흡을 맞추느라 분투한다. 막춤이거나 발레이거나 간에 쉽지 않은 일이다. 그래서 책을 끼워 넣어서 참고로 삼고 낭독까지 하면 대화하기가 좀 더 수월해진다. 숨을 돌릴 수 있게 된다. 2024년 1월, 한솔이 육아휴직에 들어가기 직전에 유튜브 촬영을 했던 낮술낭독회의 한 대목이 이랬다.

한솔　나는 집에서 엄마로서의 역할을 해야 하는 데…… 유토피아와 대비되는 '반(反)공간'을 이야기하는 『헤테로토피아』를 읽고 숨통이 트였어.

새벽　누가 추천했어? (다 같이 웃는다.) 한솔이 한창 같은 경험을 찾으려고 봤던 엄마들의 에세이가 있는데, 자기만의 얘기를 하기 위해선 의지할 또 다른 축이 필요할 것 같아서 추천했지.

정화　한솔의 이야기를 들으면서 내가 느낀 건, 반공간

의 의미는 어느 순간 열렸다가 닫히는 내 마음 상태와
도 관련이 있는 것 같아. 통영 별장에 가서도 그때그때
다르거든.

한솔 정화의 말에 나도 공감이 되는 게, 똑같은 상황
에서도 왜 갑자기 사람은 자유롭다고 느끼고 어떨 때
는 도저히 못 견디겠다고 미쳐버리는지…….

세 사람은 한솔이 육아와 출퇴근을 같이하느라 힘
들어하면서《한편 13호 : 집》발간사를 쓴 이야기를 나
누는 중이다. 나는 나도 아직 안 읽은 철학책 추천을 감
행했고, 한솔은 그걸 받아들여서 책을 읽어줬고, 정화
는 그에 반응하면서 자기 경험에도 대입해본다. 이러한
연쇄 반응은 촘촘하기 그지없다. 술자리에서 상대를 향
한 공감과 나 자신으로 복귀하는 관심이 팽팽한 가운
데, 미셸 푸코의 『헤테로토피아』는 우리가 자기 이야기
에만 정박하지 않게 인도하는 별과도 같은 역할을 하
고 있다.

타인을 이해하는 상상력

낮술낭독회를 하기 전에도 나는 친구들과 술을 마시면서 책 이야기를 하고, 술을 마시다가 시를 읽고, 독서 모임을 한 뒤에 술을 마시고, 술을 마시다가 책을 인용하면서 싸우곤 했다. 낮에 그냥 이야기를 하다가 열변을 토하면서 취한 상태가 되기도 했다.

지금은 상점이나 대중교통에서 마주치는 여느 사람과 너스레를 떨 수 있는 중년 여성이 되었지만, 내성적이었던 젊은 날에 나는 대화하기 위해서 책이 필요했다. 내가 진짜로 뭘 느끼고 실제로 어떻게 살고 있는지 말하기가 힘들 때, 그런 이야기를 다른 사람이 하는 게 듣기 괴로울 때 책이 필요했다. 드라마라도 괜찮고 누가 한 말이라도 괜찮으니 끌어올 외부의 텍스트가 필요했던 것이다. 이렇게 들은 걸 주워섬기던 시절에는 주변 사람들이 힘들어하면서 떠나가기도 했다.

2017년 정화가 낮술낭독회를 열었을 때, 그건 술 마시며 책 이야기를 하면서 대화하기에 최적의 조건이었다. 낮부터 시작하면 모임이 길어서 좋고, 술 마시기 위해 밤까지 기다리지 않아도 되어서 좋았다. 낮술낭독회 원년 멤버는 낭독을 한차례 마치고 저녁에 2차까지 가는 정화, 현주와 나였다. 그때 나는 멤버들의 글을 비판하는 데 주력했다. 왜 이 사상가를 그렇게 해석해야 하는지 의문을 표하고, 비평은 더 정교해야 한다고 역설했는데……. 나는 연결되기보다 고립되길 원한 게 아니라, 특별한 나를 알아봐주길 바란 쪽이었다. 두 사람은 '애는 이러네.' 하면서 얘기를 들어줬다.

초기의 낮술낭독회는 술을 마시면서 하는 합평회에 가까웠다. 각자가 쓴 비평이나 소설을 가져와서 낭독하고 서로 평을 한다. 정화, 현주는 전부터 미술비평을 해왔는데, 독립 잡지를 만들던 나도 '문학과 패션'과 같은 글을 공유했다. 2차로 술집에 가서 찌개를 끓이며 취해가던 날에 정화에게 처음으로 질문했다.

"출판을 하는데 왜 재단의 지원을 받는 거예요? 독립적일 수가 없잖아요."

"이제는 지쳐서…… 독립 잡지는 힘들어서요."

존댓말을 하던 시절 나는 프리랜서였던 정화의 피로를 이해하지 못했다. 지쳤다는 말은 생경하게 다가왔

다. '지쳤다니 무슨 소리지, 정당함의 문제인데.' 하고
생각했으니 이런 멋모르는 상태에서 타인을 이해하는 상
상력을 기르기까지 낮술낭독회를 몇 년은 더 해야 했다.

주종은 대체로 와인

8년째 이어지고 있는 낮술낭독회의 기본 형식은 이
렇다. 토요일 낮 시간과 낭독할 글, 각자 술 한 병을 준
비한다. 주로 직장인이 참여하므로, 낮부터 술을 마시
다 밤을 지나 새벽까지 가더라도 다음 날 정양을 할 수
있는 토요일이 알맞다. 낭독할 글은 신중하게 고르게
된다. 평소에는 닥치는 대로 병렬 독서를 하더라도 막상
사람들 앞에서 낭독을 하려고 들면 그럴싸한 글을 찾
아야 한다는 부담감에 사로잡힌다. 나로 말하자면 적당
히 좋은 글은 안 되고, 너무 좋아서 읽지 않으면 안 되
는 글을 찾는다. 그런 기준으로 찾으면 강렬한 책이 눈
에 들어온다. 다른 사람들도 이런 걸 좋아할지 확신하
지 못하면서 가방에 한두 권을 넣어서 간다. 약간 더 확

신을 가진 사람이 먼저 하는 낭독을 듣다가 '내가 가져 온 글을 이어 읽으면 좋겠는데?' 하는 착상이 떠오른다. 이 착상의 순간이 귀중하니 낭독 글을 확정하지 않는 불안도 감내할 만하다.

그리고 술 한 병. 먹을거리를 만들거나 사 와도 좋 은데 낮술이 주력이므로 원하는 술을 가져와야 한다. 나는 주로 와인 한두 병을 사 가는 편이다. 두세 달에 한 번 있는 모임을 축하하고, 축하할 일을 찾아서 축하 하려고 특히 샴페인을 산다. 프랑스 샹파뉴 지역에서 나온 비싼 '진짜' 샴페인을 사거나 카바, 브뤼, 젝트 같 은 스파클링 와인류를 산다. 오후 2~3시쯤 만나서 근황 이야기를 돌아가며 한바탕하고, 더 늦기 전에 한두 사 람이 낭독을 시작한다. 조금씩 술기운과 열기가 오르는 오후 5시경, 냉장고에 넣어둔 샴페인을 꺼내오면 좌중 은 들뜨고 나는 병을 따며 으쓱해진다.

맥주를 가장 좋아하지만 낮술낭독회에서는 자제 한다. 화장실을 자주 가야 할뿐더러 마셔대는 속도를 맞추려면 너무 많은 캔이 필요하다. 시원하게 목을 축 이고 싶은 밤에 추가로 맥주를 사 오고 그렇게 와인과

174

맥주를 섞어 마시면서 끝끝내 다락방의 미친 여자가 나온다면……. 아무튼 맥주는 정말 좋지만 배가되는 숙취를 비롯해 적잖은 후과가 따른다.

와인을 마시면서 낭독을 한다고 하면 사람들은 멋있다고, 고급스럽다고 말한다. 와인을 좋아하는 민음사 사장님은 여럿이서 모이면 와인을 여러 병 딸 수 있어서 좋겠다고 했다. 그것도 그렇지만 늘 와인의 맛보다도 강렬하고 묘한 건, 이어지는 낭독과 이야기다. 특히 회사 사람들끼리 만나서 회사 일을 소재로 대화하다가 그 대화가 다시 회사 생활의 내용이 되는 점이 그랬다.

사내 공부방

2020년 1월 창간한 민음사 인문 잡지 《한편》을 만든 편집자는 모두 낮술낭독회 멤버들이다. 창간호를 준비할 때 나는 옆 인문교양팀에 신입으로 들어온 한솔에게 손을 뻗었다. 논픽션팀에 있으면서 팀원들과 다 할 수 없는 기획 이야기를 나눌 동료가 절실했다. 점심을 같이 먹으면 재미있고 대뜸 회의를 하자고 해도 선선히 따른 한솔은 일종의 TF였던 잡지 일에 가담해서, 그것도 직급이 다른 선배가 이거 해보자 저거 하자 하는 부담을 감수한 것이었다.

《한편》은 나온 그해부터 주목을 받았고 회사에서 인정받는 발판이 되었다. 이런 주위의 평가는 5년째 잡지를 만들고 있는 지금 더 의지가 된다. 당시에는 누가 시키지 않아도 했던 최고의 취미 생활이자 자아실현인 잡지 만들기가 업무가 된 게 성공 그 자체였다. 회사에 말이 통하는 동료들이 있어서 매일 즐거웠다. 혼자 골몰하던 창간호 주제인 '세대'에 이어서 동료들이 발제한 주제인 '인플루언서', '동물', '일', '권위' 등등을 따라가는 일도 색달랐다. 주제마다 온갖 참고 자료를 공유하면서 함께 저자를 만나고 원고를 읽는 게 일이라서 신나고 자랑스러웠다.

그런 흥분 속에서 토요일에도 동료들을 만났다. 《한편》 편집자를 하나둘 초대하면서 낮술낭독회가 민음사 사내 모임처럼 되었다. 코로나19 바이러스로 팬데믹에 접어들면서는 이 집 저 집 돌아가며 방문해 그 집

남편이 혀를 내두르게도 했다. 아내의 회사 동료들 술자리를 피해서 집을 나가 있다가 더는 시간을 보내지 못하고 밤늦게 들어온 동료의 남편에게도 낭독을 시키고, 짐짓 진지하게 듣다가 놀리기도 했다.

그사이 나는 논픽션팀에서 분리되어 인문사회팀 팀장을 맡게 되었다.《한편》편집자이자 낮술낭독회 멤버들 사이에서 나는 직급이 한두 개 높고 팀장이기도 하다는 차이가 있었다. 이 차이는 처음부터 의식하고 신경 쓴 것이기보다 시간을 보낼수록 드러나고 인식되었다. 나는 수평적인 관계를 지향할지언정 남의 입장을 헤아려보는 상상력까지는 미처 갖추지 못한 상태였다.

낭독거리로 1980~1990년대에 출간된 괴서, 주시하고 있는 미래 저자의 글, 내가 어디 실은 글을 두서없이 가져오던 때, 동료들은 막 출간된 에세이나 논픽션을 읽고 있었다. 리시올에서 나온 『커밍 업 쇼트』와 플레이타임에서 나온 『살림 비용』, 그 밖에도 비비언 고닉, 제임스 볼드윈, 오드리 로드의 책들. 충분히 이론적이지 않고 자기 이야기만을 앞세운다는 이유로 내가 펼쳐보지 않는 책들이었다. 국내 추천사가 많이 달려 있고 출

간되자마자 독자 반응을 즉각 얻고 있다는 점에서 경쟁
심을 불러일으키는 책들이었다. 하지만 한솔, 세영, 은
은 이런 책을 읽으면서 감정을 이해하고 공감을 표현하
며 서로에게 빌려주었다. 정화는 자신이 편집한 노벨문
학상 수상자 올가 토카르추크의 소설을, 그다음 해 노
벨문학상 수상자 욘 포세의 소설을 읽어주곤 했다. 수상
작이라면 일단 흘겨보는 나로서 이런 책들도 알아갈 수
밖에 없었다. 모임이 하는 사내 교육의 역할이었다.

친구 없음 상태

열여섯 가지 성격 유형인 MBTI는 한번 그 구성 원
리를 깨우치면 세상 사람들을 열여섯 가지 유형으로 해
석하는 재미에 동참할 수 있다. 내가 내향적이고, 직관
적이고, 사고적이고, 탐구적인 INTP라는 진단부터 아
주 재미있었다. 상대방의 감정에 잘 공감하지 못하고,
논리와 분석으로 문제를 해결하기 좋아한다 등의 캐릭
터 해석이 칭찬인 듯 욕같이 와닿았다. 농담 반 진담 반

으로 저자들에게도 MBTI 유형을 물어보곤 했는데, 내가 주로 끌리는 철학 분야의 저자들도 모두 INTP라는 데서는 이래도 되나 싶을 지경이었다.

MBTI가 사교에 도움이 되는 수단이라면 현실은 나이, 성별, 학벌, 직업, 외모, 자산 등등에 따라 무리가 갈리는 판국이다. 의식할 때나 의식하지 않을 때나 나는 '서울대'를 나와서 '출판사'에 다니는 '30대 후반'의 '여성'이다. "공부가 제일 쉬웠어요."처럼 어이없게 들릴 수 있지만, 이 중 '서울대'를 위해서 내가 치러야 했던 대가에 대해 가끔 생각한다. 그건 다른 게 아니라 친구 없음의 상태다.

한국에서 입시 경쟁을 하다 보면 사람이 비인간화된다. 마음껏 놀지 못하고 성적에 매여서 하루하루를 보내느라 몸과 마음이 위축된다. 같은 학생들은 경쟁자이거나 무관심의 대상이다. 특히 같은 반에 친한 친구가 없었던 고3 때 나는 화장실에 가거나 둘씩 짝을 만들 일이 있을 적마다 몸 둘 바를 몰랐다. 무슨 일이든 허리를 잡고 웃을 소지를 찾던 단짝과 멀어졌다. 부모님과 선생님은 건강과 성적만을 이야기했다. 386세대 부모

179

님의 입시 전략에 따라 공립 고등학교에서 지역균형 전형으로 대입에 성공하면서 나는 스무 살의 자유 또는 자기중심성으로 가까운 사람들을 힘들게 했다.

이 자기중심성이라는 건 누구에게나 만연한 기질이기 때문에, 어떻게 길러지고 어떤 식으로 발현되든 간에 조심스럽고 단호하게 스스로 한계를 그어가야 한다. 회사 탕비실 전자레인지에 뭘 묻히고 닦지 않는다든지, 화장실 바닥에 물을 뿌려놓고 그냥 간다든지, 프린터 용지가 떨어졌는데 채우거나 도움을 청하지 않고 가만히 있는다든지 하는 사소한 일에서부터 드러난다. 편집부에서 점심에 다 같이 식사를 하러 가자는 얘기를 하고 있다는 걸 알고 눈치를 보면서도 말을 걸어서 확인하지 않고 앉아 있다가, 편집장에게 왜 가만히 있느냐고 핀잔을 들으며 이끌려 나가는 상황도 있었다. 모두 내 경험이지만, 돌아보면 사회적 상호작용을 부드럽게 해나가는 환경을 만드는 데 이쪽도 저쪽도 신경 쓰지 않았던 듯하다. 출간 일정을 맞추느라 교정지와 홀로 대면하느라 곤두선 사수, 업무 개선안을 관철시키지 못해서 지친 팀장, 점심을 같이 먹자고 서로 먼저 말 걸

지 않는 동기들…….

　　이렇게 신입을 주눅 들게 만드는 여느 조직의 분위기는 MZ세대의 눈치 없음, 윗세대의 보신주의, 저성장 시대의 경기 침체와 신자유주의의 폐해로 분석되곤 한다. 하지만 문제는 이런 경직된 분위기를 어떻게 풀어가느냐다. 내가 잡고 있는 교정지에 관해 수다 떨 시간이 없고, 다른 팀에서 나온 책을 남의 책으로 대하는 조직 문화가 뭐가 좋을까? 저쪽이 성공하면 이쪽이 작아지는 경쟁심이 누구에게 도움이 될까? 그런 압박을 해맑게 뚫고 나갈 기세는 없었지만, 점차 책이 싫어지고 외로워지자 어두운 용기라도 내는 수밖에 없었다. 그래서 옆 팀의 신입인 한솔에게 손을 뻗었던 것이다.

경쟁 대신 상호 교육

동료가 친구가 되면

　회사 이야기를 쓸 때 '동료'라고 쓰면 업계인의 든든한 소속감을 느끼는데, '친구'라고 쓰자면 나 혼자 앞서 나가는 듯 멋쩍다. 회사 사람과 친구가 될 수 있을까? 오래 품고 있었던 질문인데 대답부터 하자면 될 수 있다. 사실 동료라고 칭할 만한 존재가 되기만도 노력이 필요하지만, 결국 친구가 될 수 있는 사람과는 친구가 된다. 친구와 동료는 카테고리가 다른 듯하다. 절친한 동료가 곧 친구인 게 아니다. 동료가 공손하게 거리를 지키는 사이라면, 친구는 선을 약간 넘으면서 대화하는 사이다.

　세상에서 공과 사의 구분은 엄연하다. 회사는 사회생활이고, 집은 사생활이다. 집에 회사 동료를 초대한다면 그것은 사회생활의 연장이고, 사무실에서 떡볶이를 시켜 먹는 것보다 더 스트레스를 받는 일이 될 것이다. 그러면 낮술낭독회 또한 사회생활의 연장이었나? 그렇기만 했다면 MBTI가 I로 시작하는 내향인이 다수인 이 모임이 수십 회 이어지지는 않았을 것이다. 낮술낭독회에는 친구적인 분위기가 있었다.

'회사 사람과 친구가 될 수 있을까?'라는 가능과 불가능의 질문을 '회사 사람과 친구가 되면 뭐가 좋은가?'로 살짝 바꾸면 좋을 것 같다. 식당에 붙어 있는 안내문처럼 '회사 친구의 효능'을 나열해본다. 회사 친구가 있으면 역시 외롭지 않다. 혼밥 하기 싫을 때 부담 없이 밥 먹자고 할 수 있다. 사내 정보나 소문에 더 밝아진다……. 이외에도 일반적인 친구의 이점이 대부분 회사 친구에도 해당할 것이다. 나는 이런 걸 생각한다. 회사 친구가 있으면, 회사에서 솔직해질 수 있다.

호르몬을 맞는다는 것은 참으로 몸 안의 신경계 전체가 계속 이동하고 재조합되는 느낌이다. 뭔가…… 그런 변화들이 끊임없이 일어나면서 생겨나는 어떤 유지, 감소, 증가, 또 이것들에 내가 어떻게 반응해야 하는지 등등에 관한 많은 고민들이 있음. 어쨌든 그런 고민들이 향하는 곳은 항상, 내가 지금까지 나 자신에게 거짓말해왔던 것들에 대해서 더 이상 거짓말하지 않게 되는 지점이다. 그것이 욕구든 욕망이든 판타지든 성향이

든 페티시든 충동이든 기호든 환상이든 뭐든 간에 내가 원하고 바라고 하고 싶고 되고 싶은 것이 내 몸 가장 깊은 곳으로부터 그 어떤 것보다도 가장 강렬하게 올라오고 느껴지는 것이라 이런 것에 대해서는 어떻게 거짓말이라는 거를 할 수 자체가 없다.❖

❖영이, 『호르몬일지』, 민음사, 2024, 37~38쪽

낮술낭독회에서 낭독한 『호르몬 일지』는 영이가 호르몬 전환 요법을 시작한 1년의 기록이다. 여성호르몬을 맞으면서 몸에 털이 줄어들고 눈물이 많아지는 동시에 기분이 널뛰기를 하는 온갖 변화를 기록한 이 책의 표지글을 이렇게 썼다. "단 한 번도 경험하지 못한 수준으로 솔직해진 트랜스여성의 일기"라고. 영이의 진술하고 서정적인 글에 감화되어, 낮술낭독회 친구들에게 나도 솔직해지고 싶다고 털어놓았다.

솔직하다는 게 뭘까? 그건 "내가 원하고 바라고 하고 싶고 되고 싶은 것"에 충실하게 사는 것이다. 영이가 쓰듯이 욕망이든 환상이든 뭐가 되었든, 살면서 내가 거짓말해왔던 것들에 관해 더는 거짓말하지 않으려

고 용기를 내는 순간이 온다. 그럴 때 친구는 나를 지켜줄 것이다. 내가 나쁜 짓을 하거나 퍼져 있을 때 응원할 것 같지는 않다. 친구는 날 걱정할 테니까, 내가 수렁에 빠져 헤어나려고 애쓸 때 올바른 길로 가는지 지켜봐줄 것이다. 회사는 힘든 곳이므로 회사에 그런 친구가 있다는 건 행복한 일이다.

진지한 사람들

고학력 여성이 많은 출판계에서 조직 분위기를 불평해봤자 온실 속의 화초라고 동료들은 이야기한다. 여긴 대기업에 비하면 상대적으로 분위기가 낮고, 영화나 드라마 같은 타 업계는 빌런의 체급이 보다 높다고 한다. 나로서는 불황의 그늘이 짙어진 세계 속에서도 특히 사양 산업인 출판계에서부터 말과 글이 통하도록 노력해야 한다는 생각뿐이다. 일하면서 정신을 잃지 않기 위해서 말이다.

열린책들에서 편집이사를 지냈던 김영준의 책 『작

가, 업계인, 철학자, 스파이』를 만들었다. 편집장이라는 존재를 향한 양가감정, 그러니까 그 권위에 대한 선망과 반발심을 나란히 가지고 있었지만, 김영준은 진실로 글도 좋고 사람도 좋았다. 2023년 서울국제도서전 민음사 부스에 마련한 북토크에서 그는 일하는 사람들에게 큰 생각거리를 던졌다. '우리는 일하면서 인생을 낭비하고 있는 걸까?'라는 질문이었다. 업계인의 철학자 김영준은 이렇게 말했다.

일하다가 문득 '오, 내가 생각보다 훨씬 성실하고 순진한 인간이잖아.' 하고 깨닫게 되는 그런 불가피한 순간들이 생기죠. (……) 업계인이 계속 일을 한다는 사실 때문에 갖게 되는 도덕성 같은 게 있잖아요. 이건 때 묻지 않았다, 순진하다, 그런 말로는 다 포괄되지 않죠. (……) 이 책에는 저도 완전히 깨닫지 못한 상태에서 계속 반복해서 썼던 커다란 테제가 있다는 생각이 들어요. 그건 업계인은 윤리적이다, 라는 테제인데요. 사실 이건 우리 입장에서 가장 중요한 주제인 거잖아요. 우리가 20년, 30년 일을 하면서 인생을 낭비하고 있는 거냐. 아니, 물론 낭비하고 있겠죠.
낭비하고 있겠지만, 우리가 인생
을 낭비하지 않을 도리는 없는 거
지만, 그 세월 동안 우리를 망가뜨
리고 있느냐 아니면 우리를 보존하고, 조금이라도 나은
존재가 되고 있느냐 이 질문은 우리 업계인에게 너무나
중대한 주제란 말이죠.❖

❖민음사 블로그, 「우리는 일하면서 인생을 낭비하고 있는 걸까?」, 2023

스파이 소설의 대가 존 르 카레의 팬인 김영준은 스파이와 업계인이라는 존재를 대비시킨다. 스파이는 이편저편을 오가면서 정보를 팔고 자신의 생존을 최우선의 목표로 두는 비밀스러운 존재다. 반면 출판계 사람을 포함한 업계인은 직장인, 그냥 노동자다. 먹고살기 위한 노동에 매여 있는 처지를 비관하지 않는 사람은 드물 것이다. 회사에서 월급 루팡을 하거나 주식 투자로 부수입을 노리거나 간에, 스파이처럼 교활한 생존 도모가 대체로 선망된다. 그런데 김영준은 우직한 업계인, 윤리적인 업계인의 상을 그린다. 일하다가 '오, 내가 생각보다 훨씬 성실하고 순진한 인간이잖아.' 하는 느낌이 들 때면, 그건 내가 회사에 알뜰하게 이용당하는 처지라는 이야기가 아니다. 순진한 업계인은 윤리적인 존재라는 것이다.

이건 참 단순하고 힘 있는 주장이다. 한편으로는 높은 자리에 있는 사람이 원하는 노동 윤리 아닌가 하는 의구심도 들었다. 그런데 주말에 낮술낭독회에서 만나는 회사 동료들이 종종 이런 모습을 보였다. 물론 상사를 욕하고 편집 후기를 공유하면서 분개하고 조롱하는 시간도 보낸다. 그러다가 동료가 자기 일을 생각보다 진지하게 여기고 있다는 걸 깨닫는 순간이 있다.

동료가 말도 안 되는 출간 일정을 맞추느라 혼자서 무리를 하고, 저자가 과한 요구를 하는데도 상대방 입장에서 이해하려는 노력마저 하고 있다. 이런 얘기를 들을 때는 답답할 뿐만이 아니라 슬렁슬렁 일했던 내가 비난받는 느낌마저 든다. 하지만 맡은 일에 최선을 다하며 남 탓하기보다는 자기 자신을 돌아보는 동료의 직업윤리를 알게 될 때면 맛없지만 몸에 좋은 약을 먹은 듯 제정신이 든다. 뒷담화를 실컷 한 뒤의 허무함과는 달리 그렇게 진지해지면, 낮술낭독회는 책 만드는 환경

이 너무 파괴적으로 흐르지 않도록 서로 할 수 있는 노
력이 무엇일지 상의하는 자리가 되기도 한다.

아름다운 시간

직장 동료들의 다른 모습을 보게 되는 데에는 술
과 책 말고도 음악과 미술이 매개가 되어준다. 한창 피
아노를 치고 연주회를 다니면서 나는 혼자 마음 내키
는 대로 치던 곡을 낮술낭독회에서 연주할 요량으로 연
습하곤 했다. 어쩐지 동료들에게 전하고 싶은 감정과 내
가 이해하는 곡의 의미를 상상하면서 연습하게 되었다.
〈바흐 평균율〉을 칠 때는 듣는 이의 마음이 평균율로
조율한 음정처럼 고르게 되기를 바랐고, 〈베토벤 소나
타〉를 칠 때는 세계 속에서 싸우는 베토벤처럼 싸우듯
이 연주했다.

클래식 음악을 묘사하기란 어려운 일이다. 횡설수
설한 설명을 듣고 5분에서 10분까지 되는 낯선 곡을 감
상하는 건 좌중에게 큰 인내심을 요구한다. 스스로는

배우가 된 것처럼 변신까지 해야 하는 일이다. 그렇더라도 연주의 완성도나 해석의 깊이 같은 잣대를 세우기보다는 아름다운 걸 나누고 소박하게 즐기고 싶어서 여러 번 강행했다.

그러던 어느 날, 언제나 다른 사람의 이야기에 귀 기울이고 상냥하게 반응하는 세영이 중고 피아노를 샀다. 그리고 약수에 있는 집으로 초대해 슈베르트의 즉흥곡을 연주해주었다. 여기까지 이르는 데 나의 부추김과 다른 멤버들의 맞장구, 세영의 사양을 여러 번 주고받기는 했지만, 떠들썩하던 자리가 조용해지고 세영이 연주를 시작하자 놀라운 감흥이 전해졌다. 참으로 투명한 연주였다.

나는 슈베르트를 들으면서 한 번도 투명함이라는 말을 떠올려본 적 없었다. 기본적으로 우울하다는 느낌이나, 사랑이 곧 고통이고 고통이 곧 사랑이었다는 슈베르트 자신의 언급을 떠올리곤 했다. 그런데 세영의 연주는 마치 그의 또 다른 모습인 듯 투명했고, 슈베르트를 투명함으로 표현한 피아니스트 조성진의 인터뷰를 떠올리게 했다. 마침 세영의 집 책장에도 꽂혀 있던 인

터뷰집을 가져와서 그 대목을 낭독
했다. 그렇게 멤버들은 가까운 사람
의 연주를 들을 때 흔히 하게 되듯
실력을 칭찬하거나 연주자를 추켜
세우지 않고, 슈베르트의 투명함이
라는 하나의 이미지를 두고 소박하게 감상을 나눴다.

❖이지영, 「피아니스트 조성진 제가 낼 수 있는 소리에 도달하기 위해 노력해요」, 『음악, 당신에게 무엇입니까』, 글항아리, 2021, 26~27쪽

적어도 저한테 슈베르트는 슬픔이 아니에요. '투명함'이에요. 그것도 속이 다 들여다보이는 명백한 투명함. 그 사람의 철학은 음악 속에 그대로 묻어 있고, 가식 없이 인간적이에요. 스물두 살의 저는 그 투명함을 연주했고요.❖

싸우는 시간

세영은 《한편 3호 : 환상》부터 합류했다. 2020년 한국문학팀에 신입으로 들어온 그를 창간부터 함께한 주미 선배와 내가 섭외했다. 지금은 나와 같은 인문사

회팀에서 일하고 있는데, 그때 이미 세영은 문학 잡지 《릿터》와 시, 소설, 에세이를 편집하는 업무에 인문 잡지 기획까지 병행해내는 재원이었다. 처음 점심을 같이 먹을 때 전공을 물어보니 인류학이라고 해서 신기했다. 나중에 평어를 쓰는 사이가 되자 세영은 '이런 걸 왜 물어보는 거야?' 싶었다고 회고했지만 말이다.

한솔이 그랬듯이 세영이 회사 다른 팀 선배가 부가적인 업무를 같이하자는 데 선뜻 함께한 건 돌아보면 대단한 일이다. 세계문학팀에 있는 정화까지 초대하자 《한편》 편집자의 구성은 20대 세영에서 30대인 나와 한솔, 은, 40대인 정화까지 다양해졌다. '세대'라는 주제로 시작했듯, 이 세대 차이에 민감해야 《한편》이 지금 한국에서 인문학을 제대로 다룰 수 있다고 생각했다. 머리로는 아는데 서로 다른 세대끼리 진짜로 대화를 해보니 이게 쉽지 않았다. 늘 그렇듯이 이론과 실천은 사이가 멀었던 것이다.

《한편 4호 : 동물》 기획 회의에 나, 한솔, 세영, 은, 정화가 들어갔다. 정화가 동물-타자에 대해 사유한 프랑스의 철학자 자크 데리다에 대해 설명하기 시작했다.

정화는 대학원에서 미학을 집중적으로 공부했고 잡지
사와 미술관에서 일한 경험이 풍부하다. 하지만 데리다
라면 나도 대략 아는 이야기인데, 기획 펀트가 나와는
다르다는 판단과 동시에 설명이 길어지고 있다는 불편
한 느낌이 들었다. 그동안 회의에서 말을 제일 많이 하
는 건 나였다. 발언을 많이 하기보다 듣는 편인 세영,
은도 신경 쓰이기 시작했다. 정화를 견제하면서 내 말
이 더 길어지고 두 과장의 논쟁을 사원, 대리들이 견뎌
야만 하는 상황에 이르렀다. 《한편 4호 : 동물》은 수의
사와 화가, 인류학자와 경제학자, 한문학자와 멸종위기
종복원센터 연구원의 글이 나란히 실려 인기가 많았는
데, 그 산실은 이처럼 불안했다.

　2022년 여름, 지리산에서 물놀이를 하고 밤에 시
작한 낮술낭독회에서 내가 쓴 글을 낭독했다.

　밤늦게 컴퓨터를 하고 있으면 "요새 무슨 생각 하나?"
하고 아빠가 방에 들어와 말을 걸었다. 밤새도록 나누
고 싶은 이야기가 마음속에 가득할 때에도 갑자기 물

어보면 무슨 말투로 어디까지 말
할지 모른다. 침묵으로 버티거나,
긴 독백을 듣거나, 겨우 "그건 아
니고……" 하고 입을 떼거나, 얘기를 해보려다가 눈물
이 나거나, 내 얘기는 그게 아니라고 볼멘소리를 한 지
7년이 지난 어느 날 아빠와의 대화가 시작되었다.❖

❖신새벽, 「대화를 어떻게 이을 것인가?」, 《웹진 X》, 2022

정화가 글이 좋다고, 새벽은 글을 잘 쓴다고 칭찬
해줬다. 그러고 몇 시간이 지나 취한 나는 또 정화에게
시비를 걸고 있었다. 술에 취해서 상대에게 그런 생각은
틀렸다고 왜 그렇게 길게 말하느냐고 공격하고, 이튿날
숙취보다 더 힘든 죄책감 겪기를 반복해왔는데, 남원
에서 서울로 돌아오던 길에는 난생처음 내 잘못을 인정
하고 정화에게 사과해야 한다는 생각이 들었다. 정말이
지 죽기보다 힘든 일을 하도록 정화는 단호하게 요구하
고 너그럽게 받아줬다. 그 뒤에도 정화와 부딪힌 건 한
두 번이 아니다. 그렇게 낮술낭독회에서 몇 년을 싸우
며 정화와 나는 마침내 친구가 되었다.

낭독하기 좋은 책

우리가 낭독하는 책은 보통 우리가 읽고 있는 책이다. 우리의 관심사를 거울처럼 비춰주는 책들이다. 낭독 책의 배경을 다른 멤버들에게 요령 있게 설명하기란 늘 간단하지 않다. "이 대목이 원래 이런 맥락에서 나오는 건데…… 음…… 일단 읽어볼게." 발췌한 대목을 들어보면 배경 설명보다 더 생경하고, 글 없이 소리로만 듣기 때문에 한 문단을 들어도 이게 무슨 소리인지 집중을 놓치기도 한다.

2022년 겨울, 한솔이 카렌 암스트롱의 자서전 『마음의 진보』를 설명할 때도 사실 나는 거의 못 알아들었다. 클럽 음악이 선사하는 것과 같은 황홀경을 찾아 수녀원에 들어간 저자가 울며 환속해서는 종교에 대해 사유했다고? 술잔과 음식과 책들이 어지럽게 놓인 탁자에 작은 수첩까지 놓고 멤버들이 낭독한 책의 이름을 적는다. 내 수첩에는 취해서 날아가는 글씨체로 "선배 수녀들이랑 싸우고"라고 적혀 있다. '선배 수녀들이랑 싸우다니, 한솔도 선배들과 싸우는 걸 내심 원하고 있나?' 생각했나 보다. 『마음의 진보』
라니 여전히 낯설지만 어쨌든 한솔
이 낭독한 책이라 안면이 있고, 한
솔이 낭독했기 때문에 의미가 있다.

❖카렌 암스트롱, 이희
재 옮김, 『마음의 진보』,
교양인, 2025, 41쪽

> 대부분의 수녀는 난해한 의식을 준수했고 바닥에 입
> 을 맞추었고 허물을 서로에게 고백했다. '특별한 우정'
> 은 용납되지 않았다. 모든 사랑은 하느님께 드려야 했
> 기 때문이다. 제2차 바티칸 공의회의 개혁은 그래서 필
> 요한 것이었다.❖

낭독하기 좋은 책이 따로 있지는 않다. 책이 없어
도 최근 읽은 텍스트를 하나 기억해내서 스마트폰으로
찾아 읽으면 된다. 낭독에서 중요한 것은 기세다. 한솔
에게는 세상의 무슨 사건이든 우리네 삶의 풍경으로 소
화하는 능력이 있고, 그게 세계적인 종교학자의 회고
록이든 세 살짜리 아들과의 일화이든 이야기를 풀어놓
는 어조가 워낙 태연해서 듣는 사람도 그렇구나, 하게
된다. 지식을 자기화하기란 출판 편집자에게 주요 역량

인데 동료들은 이미 가지고 있다. 책 이야기를 술술 하기 또한 낮술낭독회에서 알게 모르게 배운 역량이다.

❖하혜희, 「존엄사에서 깨어나기」, 「데모」, 봄날의책, 2022, 128쪽

　나는 몰입되는 이야기보다는 좋은 문장, 웃긴 문장을 가져와서 낭독하곤 한다. 편집자들이 머무는 온라인 서점에서 보통 보기 어려운 옛날 책, 헌책방에서 발견한 신기한 책을 소개하면 즐겁다. 인기 있는 신간이나 잘나가는 책을 대하자면 평일의 업무가 떠오르지만, 30~40년 전에 출간된 책을 요모조모 보여주고 돌려볼 때 느끼는 순수한 재미가 있다. 낮술을 하면서 낭독을 하다가 밤이 오면 가방 안에 굴러다니던 시집도 꺼낸다. 시를 두고 이야기하기란 음악을 두고 이야기하기만큼 어색한데, 취해서 읽으면 뭔가 잘된다. 연말 밤의 모임이 끝나갈 무렵 낭독 차례를 기다리다가 거의 취했을 때 이런 시를 읽었다. 그날따라 "특별한 우정"을 나눈 우리를 묘사하는 것처럼 느껴졌던 시다.

　우리는 드디어 입을 여는 우리❖

낮술낭독회도
사람의 일이라

낮술낭독회를 이어온 몇 년 동안 여러 변화를 겪었다. 가족 구성이 변하거나 이직을 할 때 고민을 나눴다. 모임을 마치고 집으로 돌아가면서 신변의 문제를 털어놓기도 했다. 서로 들어주고 곁을 지켜줬다.

한솔이 아이를 가진다는 얘기를 들었을 때는 혼란했다. 첫 임신 소식은 《한편》을 바탕으로 한 새로운 인문학 총서를 만드느라 한창 일에 매진할 무렵이었다. 사무실에서 잡지 기획 이야기를 꽃피우고, 둘이 한 조로 저자를 만나러 가서 학계와 출판계를 이을 방법을 논하던 열정의 시절. 밤늦게까지 미팅을 하고도 헤어지기가 싫었다. 할 얘기가 무궁무진한 흥분 상태가 계속될까 조마조마했다. 거의 남편보다 많은 시간을 보내는 사이였는데 그런 한솔이 술을 딱 끊었을 때, 몇 달 지나 임신했을 때, 단축근무를 하다가 무사히 출산하고 육아휴직에 들어갔을 때, 그때마다 새롭게 서운했다.

이런 상황에서 서운하다는 건 너무나 한국적인 감정이고 거의 아랫사람을 통제하려 드는 윗사람의 최후의 발악 같다. 서운하다는 말을 입 밖에 내는 건 드라마 〈사랑과 전쟁〉의 시어머니나 하는 짓이 아닌가? 한

솔과 단짝처럼 일할 수 없어서 서운
하다는 걸 일단 받아들일 필요가
있었다. 그래야 우리가 번아웃에 이
르는 과로를 지속할 수는 없다는 걸
이해하고, 나 또한 임신을 원한다고 솔직해질 수 있기
때문이었다.

> 무슨 일이 있어도 저녁 일찍 아이 옆에서 잠들어야 하
> 는 중력과 새벽 알람에 총 맞은 것처럼 집을 나서기. 나
> 도 아는 것을 찾으려 자꾸 문장을 뒤진다. (……) 하지
> 만 읽으면 무엇이 달라지나? 다른 엄마들과는 진짜 통
> 하는지? 비혼인 친구, 아이가 없는 동료들, 그리고 아이
> 가 있는 남자들에게 말하는 게 무슨 의미가 있을까?❖

《한편 13호: 집》을 만들 때 한솔은 부모님과 가까
이 사는 경기도 안성에서 서울 강남 신사동 회사까지
출퇴근하며 육아를 병행하느라 괴로워했다. 복직한 지
얼마 안 되어 둘째를 가지면서 또 단축근무에 들어가
게 되었다. 집이라는 주제를 두고 엄마로서, 자기 자신

❖이한솔, 「집 안팎을 흐
르는 바람」, 《한편 13
호: 집》, 민음사, 2024,
7쪽

으로서 글을 쓰려는 한솔을 도우려 ❖이한솔, 앞의 책, 15쪽

고 애썼다. 왜냐하면 낮술낭독회 안

에서도 아이가 있고 없고, 결혼을 했고 안 했고, 혼자 살거나 혼자 살지 않는 등의 차이가 드러나고 불거져 서로 이해하려는 노력이 절실해졌기 때문이다.

아이가 없는 친구들끼리였다면 아마 어깨를 으쓱하며 멀리했을 엄마들의 에세이를 한번 읽어봤다. 아이가 있는 다른 친구와 대화하며 한솔은 어땠을지 생각했다. 그러면서 결혼한 내가 비혼인 친구들을 내 식대로만 판단하고 있는 걸 알아채기도 했다.

"별소리를 다 했다는 후회보다는 바람처럼 자유롭게, 원하는 대로 스스로 흘러나오는 행위 자체에 마음이 기운다."❖에서 '바람처럼 자유롭게'라고 쓰면서 한솔은 무슨 상상을 했을까? 술을 끊었어도 언젠가 다시 퍼마시며 놀게 될 거라고 앞날을 내다본 것도 한솔이었다.

평어를 쓴다면

친하던 친구라도 애인이 생기면, 결혼을 하면, 아이가 생기면 보통 소원해진다. 관심사가 달라지면서 말이 안 통하고 어느새 멀어져 있다. 지극히 당연한 일이지만, 아이가 있는 친구와 잘 지내는 일은 사회생활에서 아이가 있는 사람들과 잘 지내는 일과 비슷한 것 같다. 사회생활이라서 가짜로 연기한다는 게 아니라, 사회성을 발휘해서 인간 사회에 참여한다는 의미에서 그렇다.

사람들 사이에 서로 차이가 있다는 것은 명명백백한 사실이다. 결혼을 하면 집이 넓어지기도 하고, 아이가 생기면 돌볼 시간이 필요해지기도 한다. 이건 내향인이거나 외향인이거나 F냐 T냐를 떠나 물질적이고 경제적인 차이다. 동료 시민들 사이에 균열을 낳고 경쟁심을 심는다. 게다가 회사에는 대부분 직급까지 있어서 부장과 차장, 과장과 대리, 사원 간에 권한과 입장이 다 다르다. 이처럼 모두 다른데 어떻게 말이 통할 수가 있을까? 바로 이때 효과 있는 말하기 방식이 평어다.

철학자 이성민이 편집자 기현과 함께 주창한 평어

는 한마디로 '예의 있는 반말'이다. "너 지금 얻다 대고 반말이야?" 하며 분개할 때의 '너'라는 삿대질과 일방성이 없다. 상대의 직함을 떼고 이름을 부른다. 평어는 동등한 입장에서 같은 일을 도모하기 위해 합의하에 시행하는 대화의 형식이다.

이 평어라는 모험을 민음사에서는 한국문학팀이 먼저 시도했고 이어서 다른 팀의 편집부, 미술부, 마케팅부로 퍼졌다. 평어에서는 일대일 합의가 필수다. "기현 대리님과 정화 차장님이 평어 쓴대." "세영 씨는 지은 부장님과도 평어 써요?" 하고 관계도를 따라가던 가운데, 평어의 기수인 기현이 낮술낭독회에 들어왔다.

존댓말을 쓸 때 정기현 대리님과는 1년에 한두 번 점심을 먹는 사이였다. 가끔가다 환상문학이나 인문학 책을 서로의 자리에 놓아둘 뿐 수줍음과 어색함을 타는 사이에서 나는 과장님이 되어 요즘 회사 생활이 어떤지, 힘든 일은 무엇인지 물어보곤 했다. 이렇게 쓰자니 과장님 역할 수행이 웃겨 보이는데, 그만큼 직급이란 사람을 직급에 맞춰서 행동하게 만드는 듯하다. 그러다 차장이 된 나는 평어 흐름에 들어갈지 망설이다가 낮술낭독회에서 '그래, 한번 해볼까요, 해보자!'에 이르렀다. 예의 토요일 오후, 평어 사용 후기를 나누며 다들 호기심이 고조된 차였다.

다가오는 사람에게 열려 있는 기현은 낮술낭독회 초대에도 자연히 응했다. 새로운 멤버 초대에 거침없는 정화와 친해지고 싶은 상대에게 먼저 다가가는 세영이 그를 맞았다. 급격하게 친해지길 추구하는 나도 멤버들의 선선한 태도를 보면서 속도를 맞췄다. 평어를 쓴다고 해서 기현과 급격하게 가까워지지는 않았지만, 사무실에서 오다가다 고개 숙여 꾸벅 인사하던 게 손을 흔들며 방긋 웃기로 바뀌었다.

수치심을 느끼며

상대와 급격하게 친해지고 싶어 하는 내 성격을 잘 안다. 그렇지만 친구들이 그 점에 대해서 이야기하면 부끄럽다. 사실 적시가 수치심을 일으킨다. 인간이란 그런 걸까? 다들 공감하리라고 믿으면서, 『진격하는 저급들』

중 수치심에 대해 말하는 대목을 민 음사TV 낮술낭독회 촬영에서 낭독 했다.

❖이연숙, 『진격하는 저급들』, 미디어버스, 2023, 7쪽

사라 아메드(Sara Ahmed)가 "숨김과 드러냄의 이중 작용"이라고 말한 바 있는 수치심(Shame)은 "상상된 타인의 시각" 혹은 이상적인 초자아의 '시선'을 의식할 때 발생한다. 이로써 수치심을 느끼는 주체가 사실은 끈질기게 '타인'이라는 세계와 연결되어 있음을 표시한다. 다시 말해 수치심을 느끼는 주체는 항상 말하고 싶어 하는 주체다. 말하고 싶어 하기에 침묵할 수밖에 없는 주체다. 피부 아래의 내장에서부터 숨겨놓은, 세계와 연결되려는 열망을 뺨을 붉히고 말을 더듬는, 다분히 생리적인 반응으로 노출할 수밖에 없는 그런 주체다.❖

우리 세대의 비평가이자 유명한 일기 블로거인 이연숙의 첫 번째 책은 퀴어 예술 평론집이다. 그는 퀴어에 관해 쓰라고 주어진 지면이 너무 소중한 동시에 결코 소중한 걸 말하고 싶지 않다는 마음으로 갈피를 잡

지 못한다. 그러한 "숨김과 드러냄의 이중 작용"이 바로 수치심이다.

뭔가를 숨기고 드러낸다는 건 나를 보고 있는 타인 앞에서 가능하다. 그건 마치 내가 기현이 누구와 평어를 쓰는지 숨어서 지켜보다가, 같은 술자리에 마주 앉게 되자 갑자기 관심을 드러내 마구 질문을 던질 때와 마찬가지로 스스로 수치심을 자아내는 일이다. 이연숙은 그런 수치스러운 모습을 "세계와 연결되려는 열망"으로 승격하는 동시에 "뺨을 붉히고 말을 더듬는, 다분히 생리적인 반응"으로 생생하게 묘사한다. 그래서 이 대목을 낭독하는 내가 볼이 상기되고 목소리가 떨려도 양해될 것만 같았다.

모르는 사람들에게 공개되는 유튜브 촬영이 친구 집에서의 모임과 같을 리가 없다. 민음사TV 섭외를 받고 낮술낭독회 멤버들과 계속해서 걱정하고 고민을 나눴다. 촬영에 빠진 멤버도 있고 서로 의견이 부딪치기도 했다.

2024년 새해 눈이 오는 날, 신용산에 있는 아늑한

카페에서 촬영을 했다. 밝았을 때 시작해서 모닥불 불빛이 밝아질 때까지 촬영하고는 이야기가 너무 진지하게만 흘러간 게 아닌가 또 걱정했다. 하지만 민음사TV 최고의 피디들이 편집을 재미있고 멋있게 해주었고 나는 '좋은 문장을 들으면 우는 까마귀'라는 캐릭터를 부여받았다. 촬영은 겨울날의 추억으로 남았다.

그날 낭독 마지막 차례였던 나는 수치심을 불러일으키는 주된 요인인 파괴적 음주를 긍정하면서 낭독 자리를 마무리 지었다. 기현이 낭독한 소설 『주디스 헌의 외로운 열정』과 정화가 낭독한 자기계발서 『에디토리얼 씽킹』에 이어서, 알코올중독자 주디스 헌처럼 나 자신이 수치심의 화신일지라도, 그런 나로서 내 삶의 의미를 편집해나가겠다고 엮어본 것이다.

좋은 모임이 늘 그렇듯이 끝나갈 무렵에 이야기는 한 바퀴 돌아서 처음으로 돌아왔다. 첫 번째로 『헤테로토피아』를 낭독했던 한솔은 '엄마 됨'에 관한 이야기를 너무 많이 해서 수치스럽다고 털어놓았다. 나는 한솔의 엄마 경험과 이연숙의 퀴어 경험을 다 알지 못한다. 다만 영상에 남은 것처럼 낭독을 하는 순간 맞은편에

서 나를 향해오는 눈길과 듣고 있다 ❖이연숙, 앞의 책, 10쪽
고 끄덕이는 표시를 알아본다. 그걸
"우리 각자의 구멍 자국들이 서로를 알아보는 장면"❖
이라고 묘사해도 좋을 것 같다.

타인 속으로 들어가는 일

모임 중독자로서 가장 오래 해온 모임이 낮술낭독회다. 술을 하도 마셔서 기억력이 감퇴했지만, 돌아보면 마음에 떠오르는 추억이 많다. 추잡스러운 기억까지도. 술을 마시며 열 시간씩의 만남을 8년간 이어왔는데 왜 없겠는가? 그동안 낭독했던 책들, 낭독해서 좋았던 책들을 들춰보면 지난 일이 새롭게 떠오른다.

잡지《GQ》의 편집장이었던 이충걸이 은퇴한 뒤 독서 모임을 한다고 들었다. 독서 모임에서 주를 이루는 여성들에 관한 묘사가 놀라워서 읽고 또 읽었다. 그는 회원제 독서 커뮤니티인 '트레바리'가 생활의 많은 부분을 차지한다면서 이렇게 말했다.

너무 훌륭한 분들을 많이 만났다. 말 그대로 비범한 여성들. 텍스트를 해체한 다음 내면화시켜 자신의 스토리로 만드는 능력이 아주 뛰어나다. 남자들은 책 안 읽는다. 나는 여자들이 남자를 목줄에 채워 사육할 날이 곧 올 것 같다. 책을 읽지 않는데 무슨 할 말이 있을까.❖

❖장회정, 「GQ 한국판 초대 편집장 이충걸, 시력의 절반은 잃어도 '책 쓰는 베토벤'의 삶은 계속된다」, 《경향신문》, 2020

이충걸은 "텍스트를 해체한 다음 내면화시켜 자신의 스토리로 만드는" 여성들의 역량을 사심 없이 칭찬한다. 타인의 장점을 얘기해주면서 북돋는다. 나는 이 표현을 보고 찔렸다. 모든 글을 자신의 이야기로 소화하는 여자 친구들이 부담스러울 때도 많았기 때문이다. 하지만 위의 칭찬에는 기분이 좋았기 때문에 낮술낭독회 멤버들에게 읽어줬고, 말에서 가시를 빼려고 애썼다. 그러면서 나도 "비범한" 독자가 되는 상상을 했다.

제일 잘하는 일이 책 읽기 그리고 술 마시며 대화하기라고 말하는 이충걸은 《GQ》 한국어판을 최고의 스타일로 끌어올린 사람이다. 남성 패션지로 분류되는

《GQ》에 실린 이미지만이 아니라 텍스트의 스타일까지 최고로 만들었다. 그렇다는 명성을 익히 듣고 있다가, 1999년에 출간된 이충걸의 인터뷰집인 『해를 등지고 놀다』를 뒤늦게 헌책방에서 샀다. 책날개에는 "인터뷰 기사의 전범"을 보여준 《보그》의 차장 이충걸의 나이가 36세라고 밝혀져 있다. 《한편》을 만들면서 편집자와 저자들과 친해지고 싶고 원 없이 친해지지 못해서 외로워하던 나와 비슷한 나이다.

❖이충걸, 『해를 등지고 놀다』, 도솔, 1999, 6쪽

> 타인 속으로 들어가는 건 일종의 전투 형태다. 그건 나와, 나의 인터뷰를 읽는 이들과의 전쟁이기도 하다. 그들을 만나고 돌아올 때마다 나는 마음을 어지럽히는 풍경 하나 없는 맑은 하늘 아래 외로움을 느끼며 걷는 것 같았다. (⋯⋯) 나는 조금 훼손된 상태가 회복할 때까지 불필요한 고통을 받지 않기 위해 사람들을 더 이상 만나고 싶지 않았다.❖

조용필, 서정주, 최진실, 이문열, 김광석, 강수연,

김수현 등등 29인의 유명한 문화계 인물을 만난 인터뷰집의 서문이 이처럼 예민하게 고통을 묘사하고 있다. 2021년의 여름에 이 책을 낮술낭독회에서 낭독할 때만 해도 나는 해맑았다. 지금 보면 "타인 속으로 들어가는 건 일종의 전투"라고 표현하는 대목이 심각하게 다가온다.

나는 인터뷰어는 아니지만, 모임에서든 미팅에서든 깊은 대화를 하기 위해 어느 순간 인터뷰어처럼 질문을 던지기 시작한다. 이때 어려움은 상대방과 부딪치거나 싸우게 된다는 데 있지 않았다. 아무리 말을 깊게 섞더라도 상대방이 남이라는 사실을 받아들이기가 힘들고, 마지막에는 결국 헤어져서 집으로 돌아와야 한다는 외로움이 힘들었다.

이충걸은 인터뷰집을 출간하면서 이것으로 충분하다고, 이런 날이 온 게 기쁘다고 썼다. 나에게도 침잠하는 시기가 올까? 사람 만나는 일을 아직 끊지 못한 처지로 생각에 잠긴다.

파괴적 음주

한국인이 급격하게 친해지는 방법은 물론 술이다. 집에 가기 싫은 상사가 부하 직원들을 붙잡고 술잔을 돌리고, 신규 계약을 따기 위해 밀실에서 술병을 딴다. 거나하게 취해서 "우리가 남이가!" 하고 외친다. 그런 배타적이고 볼썽사나운 한국의 음주 문화를 비판해왔는데, 어느 날 내가 그러고 있다는 걸 발견했다. 새로운 인문학 총서인 '탐구' 시리즈의 편집 회의 뒤풀이로 늦은 밤 신사동에서 아직까지 영업 중인 술집을 전전하며 술자리를 끝내고 싶어 하지 않는 내 모습이 여느 부장과 다른 게 없었다. 물론 인문학을 발전시키기 위해서이지만…… 다들 동의했지만…….

주말까지 회사 사람들을 붙들고 술 마신다는 혐의를 의식하면서도 낮술낭독회는 합법적이라고 여겼다. 그렇게 낮술의 어둠에 발을 들였다. 낭독하는 구절에 흠뻑 젖어들고, 동료와 친구가 된다는 아름다운 이야기의 심연을 겪었다. 술자리를 질색하는 사람들이 익히 아는 추태가 있었고 그게 반복되었다.

《한편 7호 : 중독》을 만들 때 나는 알코올중독을 의식하고 있었다. 안다는 것은 행하는 것이라는 『논어』의 말처럼, 알코올중독에 대한 앎은 금주의 실천으로 넘어가야 마땅하다. 그렇지만 잡지를 마감할 때까지 실제로 의지한 것은 "이 세상에서 자기 자신을 유지하는 한 삶은 하나의 중독에서 다른 중독으로 계속 이행해가는 과정이고, 중독이란 그저 삶의 또 다른 양상을 나타내는 이름일 뿐이다."❖라는 문장이었다. 삶이 하나의 중독에서 다른 중독으로의 이행일 뿐이라면, 지금 이 중독에 머물러도 되지 않나? 발간사에서 나는 프로이트를 인용하며 뭔가 구체적인 결론은 피하는, 전형적인 회피형 인문학을 펼치고 있었다.

❖ 허성원, 「섹스 중계자들의 우화」, 《한편 7호: 중독》, 민음사, 2022, 84~85쪽

다른 모든 일이 그렇듯 중독에서 벗어나기도 내면의 의지보다는 상황적 압력으로부터 시작되었다. 우리의 낮술낭독회는 과음 문제로 한번 멈췄다. 모임을 지키기 위해 너무 많은 술은 자제해야 된다는 점을 힘겹게

215

알아갔다.

그 시기, 약수동에서 모인 날이었다. 낮술과 낭독을 하다가 어느새 사위가 어두워지고 대화가 무거워졌다. 조용히 분위기를 살피던 세영이 단호하게 모임을 파했다. 아쉬워하고 미련이 남은 나(차장)에게 세영(대리)은 택시를 잡으라 지시하고는 이제 자리를 치울 테니까 일어나라고 했다. 그때 찬물 세수를 한 듯이 미련이 싹 가셨다. 끝끝내 서러워서 눈물을 주룩주룩 흘리며 집에 가는 게 아니라(그런 적이 많았다.) 권위자의 단호한 처방에 정신을 차린 조직원의 심정이었다. 그렇게 우리 모임은 건강을 되찾아갔다.

내가 속한 30대 여성 집단은 알코올의존, 알코올 중독 비율이 높게 나타난다. 사회 문제의 담지자로서 나는 이러한 현상의 원인을 여러 가지로 분석해본다. 과로와 스트레스에 더해 특히 여성에게 주어지는 성 역할 수행, 술 권하는 미디어, 중독 권하는 한국 사회 등등. 그렇지만 이제는 어쩔 수 없다고 뻗대기보다 술자리를 신중하게 잡고, 한 주에 술 마시는 횟수를 관리하고,

손안에 있는 술잔을 천천히 든다. 이렇게 불혹을 향해 간다.

퇴근길에 정화에게 한잔하자고 부추겼는데, 진짜로 딱 한 잔만 할 수 있다고 하자 어김없이 서운했다. 술이 말 그대로 목구멍에서 넘어가지 않는다고 건강상의 이유를 말하는데도 그랬다. 며칠 뒤 나도 두세 캔째 맥주가 목을 넘어가지 않았다. 매운 음식과 기름진 음식을 폭식할 수 없게 되었다. 헬스장에 가서 10분이라도 뛰지 않으면 몸이 늘어져서 일으킬 수가 없었다. 쉴 때 주로 누워서 콘텐츠를 보는 정화와 함께 무려 회사 지하 스튜디오에서 요가를 하기 시작했다. 술과 책 없이 몸을 같이 흔드는 것도 퍽 좋았다.

어디서나 누구하고든

2025년 1월 가좌에 있는 작은 갤러리인 플랜비 프로젝트 스페이스에서 낮술낭독회를 열었다. 마치 8년 전처럼 정화가 미술계 사람들과 출판계 사람들을 두루 불러서 자리를 키웠다. 버스를 타고 지각을 하면서 모임 공간에 들어서자, 플랜비 프로젝트 SNS 계정에서 포스터를 보고 찾아온 손님들도 있었다. 서로서로 손님이었기 때문에 자기소개를 돌아가면서 반복했다. 정화는 늘 그렇듯 아무 사전 논의 없이 나에게 시범 낭독을 보여달라고 했고 나는 의연히 받아들여 가방 속 책을 꺼내 들고 말하기 시작했다.

"이 책은 지난 주말에 지리산에서 입수한 건데요. 『동학농민전쟁: 인물열전』이라고…… 표지에 한반도 지도 위로 뿌려진 핏자국 보이시죠. 아, 여러분도 이렇게 책에 관해 대략 소개하고 내키는 대로 한 대목을 읽어주시면 됩니다. 한 사람이 5분에서 30분까지도 할 수 있고…… 일단 저는 김개남 열전을 읽어볼게요."

이날 참여자들이 낭독한 책의 목록은 다음과 같다.

- 이이화, 『동학농민전쟁: 인물열전』, 한겨레신문사, 1994

- 한강, 『소년이 온다』, 창비, 2014

- 안순애 외, 〈열 개의 우물〉 개봉 당시 배부된 소책자,

2024

- 마리아 페르난다 암푸에로, 임도울 옮김, 『투계』, 문학과지성사, 2024

- 서보경, 「페미니즘과 거대한 규모의 의학」, 《교차 2호: 물질의 삶》, 읻다, 2022

- 페르난두 페소아, 김효정 옮김, 『불안의 책』, 까치, 2012

- 박혜윤, 『숲속의 자본주의자』, 다산초당, 2021

- 렘 콜하스·프레드릭 제임슨, 임경규 옮김, 『정크스페이스 | 미래 도시』, 문학과지성사, 2020

- 김범, 『고향』, 아트선재센터, 2020

- 김현주, 전시 〈감각한 차이〉 비평 글 「예술은 장애를 두려워하지 않습니다」, 2024

- 차도하, 『미래의 손』, 봄날의책, 2024

- 차학경, 김경년 옮김, 『딕테』, 문학사상, 2024

자신이 번역한 『투계』를 한국어로, 또 스페인어로 낭독한 임도울 번역가는 내가 낭독한 김개남 열전에 크게 호응해줬다. '동학도 김개남의 배를 갈라보니 간이 과연 커서 한 바가지더라'는 엽기적인 이야기가 다음 책 인『소년이 온다』의 국가 폭력과 호응하면서 다음 책으로, 그다음 책으로 연결 고리가 계속 이어지는 데 놀라움을 표했다. 낮술낭독회는 정말로 그렇다. 앞서 상의하고 계획을 짜지 않아도 책들은 뜻밖에 통하고 낭독자는 우연한 만남에 설렌다.

오후 2시에 시작한 자리가 고조되면서 저녁 9시까지 밥을 거른 줄도 몰랐다. 정화가 낭독한『딕테』의 여운에 잠겨 있는데 은이 도착했다. 친구들끼리의 오붓한 모임이 아닌 걸 보고 놀랐지만, 은 또한 의연하게 방금 보고 온 전시의 비평을 낭독했다. 사람들은 마지막 낭독자 차례까지 귀 기울여 들어주었다.

회사 유튜브가 번창하면서 진지한 인문책 담당자인 나도 가끔 출연하게 된다. '병렬 독서 시리즈'에 나가《한편 17호 : 한국》의 참고 문헌들을 소개하고, 세계문학 스토리텔링의 대가인 편집자 혜진, 민경의 '세문전 독서 클럽'에 초대받기도 했다. 유튜브 구독자들은 친절하게도 낯선 등장인물을 호의적으로 받아들이며 선플을 달아준다. 영상이 공개되면 한 일주일간은 댓글들에 취해서 해롱해롱하는데, 그중에는 '이렇게 책 이야기를 술술 하다니 대단하다.' '나도 이렇게 지적인 독서 모임을 할 수 있다면!'이라는 토로도 더러 있다.

고립되어서 온라인 서점에 악플을 달던 나날이 있었기에 나는 독서 모임을 부러워하는 사람들을 이해할 수 있다. 이건 별것 아니라고, 아니 함께하는 사람들이 특별한 건 맞지만, 중요한 건 모임에 나가보겠다는 작은 다짐이라고 북돋고 싶다. 작은 다짐이란 물론 쉽지만은 않다. 한 발짝 떼기가 천근같이 무거울 때가 많다. 하지만 연결되고 싶다는 열망은 가짜가 아니다. 스피노자는 인간이란 주어진 자기의 본성에서 생길 수 있는 것이 아니면 행하려고 노력하지도 않으며 욕구하지도 않는다고 말했다. 나는 내 본성상 행할 수 있는 것만을 욕망한다. 원한다는 건 내가 그걸 할 수 있다는 뜻인 셈이다.

새벽이 추천하는
낭독하기 좋은 책

『작가, 업계인, 철학자, 스파이』 김영준

#에세이

낭독하기 좋은 책의 요건은 대략 이렇다. 문장이 선명하고 생각이 분명하여, 압축된 의미가 청자에게서 확장되어야 한다. 우리 출판 편집자들의 철학자인 김영준의 에세이가 이 기준을 충족한다.

『시스터 아웃사이더』 오드리 로드

#사회과학

책을 읽기 싫은 시기가 오래갈 때는 강한 문장으로 정신을 깨우면 좋다. 최근 출간된 거의 모든 인문사회 책에서 인용되는 오드리 로드의 이 책은 모든 문장이 강력한 영감과 진솔한 목소리로 쓰여 있다.

『음악, 당신에게 무엇입니까』 이지영

#인터뷰집

인터뷰집에는 여러 사람이 한 좋은 말이 실려 있어서 언제 펼쳐도 한 문장을 얻는다. "음악, 당신에게 무엇입니까?"라는 질문을 영화감독 박찬욱에서 피아니스트 조성진에게까지 던진 책이다. 예를 들어 사진작가 윤광준은 답했다. "음악이라면 시간의 개념은 더 중요해지죠. 우리가 필요로 하고 중요하다 생각하는 것은 모두 시간과 관련되어 있어요."(229쪽)라고.

『데모』 하혜희

#시

경험상 시는 취해서 읽으면 더 좋다. "인천에서 출생, 『더 멀리』 4호로 활동
시작, 동인 공동창작 전선 소속, 그런 소속이 아니며, 활동을 시작한 적 없고,
태어나지도 않았다"(「머리시―진실로」)라고 자기소개 하는 이상한 시인의 첫
시집.

『호르몬 일지』 영이

#에세이

내가 트위터에서 본 가장 웃기고 폭력적인 계정을 운영하고 있던 영이의 첫
책을 탐구 시리즈 '일기들'로 펴냈다. 호르몬 전환 요법으로 신체적 트랜지션을
겪은 500일간의 일기를 실은 책이다. 남의 일기를 훔쳐볼 때의 바로 그 기대를
채워준다. 영이의 일기는 친구들 앞에서 낭독하기에도 좋다.

『아무도 알아주지 않는 우리의 특별함』 이충걸

#에세이

이충걸이 《GQ》에서 18년 동안 쓴 '에디터스 레터'를 모은 책. 한국에 이렇게
직설적이고 유미주의적이고 정치적인 편집장이 있다니, 하며 놀라게 된다.
동료 편집자와 저자들과 같이 읽어야 할 글들로 가득하다.

『진격하는 저급들』 이연숙

#비평

오래 구독한 블로거인 이연숙(리타)이 미술비평가가 되고 이 세대의 중요한
작가로 떠오르는 모습을 지켜봐왔다. 그의 첫 책 서문을 유튜브에서 낭독하고
낮술낭독회 이야기를 출간하게 된 나로서 동시대성을 느낀다. 책의 서문을
낭독감으로 고르면 실물 책이 없어도 온라인 서점에서 찾아다가 같이 보기에
편하다.

『논어』 동양고전연구회 역주

#철학

민음사 논픽션팀에 입사해서 『논어』『사기』『노자』『한서』 등의 동양 고전을
힘겨우나 즐거우나 편집한 이력은 자산으로 남아 있다. 그중에서도 나는
유머 있고 카리스마 있는 공자님이 단순 소박한 진리를 두고 제자들과 대화한
기록인 『논어』가 가장 좋다. 뭐든 그때 마음에 와닿는 구절을 읽으면 된다.

『나의 손이 내게 말했다』 이정화

#에세이

정화의 첫 책이 나왔을 때 질투하며 펼쳐서는 눈물 흘리면서 닫았다.
사회생활을 하면서 다친 마음과 몸을 다시 감싸안는 이런 글을 가까운
사람들과 나눠 읽어도 좋지만, 가까워지고 싶은 동료들 앞에서 낭독해도
좋을 것이다.

『투계』 마리아 페르난다 암푸에로

#소설

영화를 좋아하고 라틴아메리카를 사랑하는 번역가 임도울은 새로운 소설,
새로운 현대 라틴 문학을 찾다가 이 책을 발견했다고 한다. 한 번은 스페인어로
한 번은 한국어로 그가 낭독해준 『투계』의 수록작 「괴물」은 낯설다가도
익숙하고, 익숙한가 하면 머리를 치는 듯한 소설이었다. 나도 언젠가
스페인어로 낭독해보고 싶다.

우정 대담
동료와 친구 사이를 넘나드는 시간

진행 및 정리

정기현 김세영

정기현

민음사 한국문학팀 편집자. 크고 작은 모험을 선사하는 문학을 좋아한다.
편집한 책으로 임선우 소설집 『유령의 마음으로』, 박솔뫼·안은별·이상우
산문집 『바로 손을 흔드는 대신』, 철학자 이성민의 평어론을 담은 『말 놓을
용기』 등이 있다. 소설집 『슬픈 마음 있는 사람』을 지었다.

김세영

민음사 인문사회팀 편집자. 발 디딘 땅에서 시작해 멀리 나아가는
이야기를 만들고 싶다. 5년간 민음사 한국문학팀에서 소설과 시를
편집하고, 인문 잡지 《한편》을 만들었다. 지금은 인문사회 도서를
기획·편집하고 있다. 편집한 책으로 정치학자 조무원의 『거짓말 게임』,
철학자 김서라의 에세이 『이미지와 함께 걷기』 등이 있다.

첫 낮술낭독회

세영   한솔의 글 읽으면서 처음 낮술낭독회에 초대받은
날이 생각났어. 2020년 봄 어느 날, 한솔과 마주
앉은 식당. 창가 자리였고 볕이 잘 들었던 기억이 나.
"좀 이상하게 들리겠지만 그냥 편하게 오시면 돼요.
이번에는 『모래 사나이』를 같이 낭독할 건데……"
그때 한솔이 참 다정하고 처음 보는 방식으로 웃긴
사람이라고 생각하고 있었거든. 처음으로 친해진
다른 팀 사람이라 의지가 되기도 했고. 그 사람이 날
모임에 초대한다니, 단번에 예스 했어.
긴장한 채로 한솔네에 도착했더니 한솔이 분주히
음식을 준비하고 있었어. 새벽과 정화를 비롯한
사람들이 꽃이랑 술, 음식을 사 들고 모였고. 이상한
건 오후 2시쯤 모였는데 저녁 6시가 되어도 파할
생각을 안 했다는 거야…….『모래 사나이』를
돌아가며 다 읽고 나서는 호프만, 환상문학,
마지막에는 회사 이야기도 하고. 나는 저녁 약속이
있어서 먼저 일어나 한성대입구역 언덕길을

내려가는데, 아파트 복도에서 한솔, 새벽, 정화가
손을 흔들며 배웅하던 장면이 떠올라. 그날 저녁에
만난 친구한테 회사 사람들이랑 술 마시면서
낭독했다고 말했는데, 친구가 이상해하는 만큼이나
나도 어리둥절했던 기억이 있네. 꿈을 꿨나, 하고.
기현의 첫 낮술낭독회는 어땠어?

기현　　　나는 정화의 초대로 왔어. 2022년쯤. 내가 막 도시
양봉을 배우기 시작했던 때고 정화도 텃밭을
다시 가꿀 때라 그 얘기를 막 신나게 하던 점심에,
정화가 주말에 낮술낭독회라는 모임이 있다며
나를 초대해준 거지. 나는 은네 집이 첫 낮술낭독회
장소였어. 그때도 아침에 양봉을 배우고 은네 집에
가는데 내가 제일 먼저 도착한 거야. 은과는 그렇게
말을 많이 해본 사이가 아니었는데 은과 나 둘뿐인
집에서 은네 부모님도 스치듯 뵙고, 조금 어색하게
둘이 있던 기억이 나. 그날은 많이 취해서 갑자기
갔지. 취하면 갑자기 가는 버릇이 있어서. 그때
한솔이 뜨개 관련 책을 읽었던 기억도 나고, 정화가

본인이 쓴 글을 가져와서 낭독했던 기억도 난다.
정화가 본인 글을 자신 없어 하니까 취한 내가
자신감을 가지라고 외쳤다는 것은 다음 날 세영에게
전해 들었어. 그때 처음 우리가 평어를 쓰기로 한
사이가 되면서 빠르게 마음이 편해졌던 것 같아.
긴장도 금방 누그러지고. 아무튼 신기한 모임이라는
느낌이 첫인상이야. 낭독을 쭉 하고, 술을 쭉 마시는
게 아니라, 술 마시고 담소 나누는 와중 중간중간
낭독하기가 진짜 되는 것도 신기했고.

세영   둘 다 첫 낮술낭독회를 세세하게 기억하는 게
재밌다. 처음의 어려움이 있었어.

기현   아무래도 회사 동료들과의 모임이니까 '실수하면 안
되겠지?' 하는 생각 때문에.

세영   그런데 이것도 다 다르겠지. 새벽은 어땠어?

새벽   그렇네. 글에 쓴 것처럼 정화랑 정화의 미술계

친구들이랑 나 그리고 허주미 선배, 이렇게 처음
만났던 게 시작이었어. 오히려 미술계 분들이
상대적으로 좀 더 어색해했기 때문에 나는 그냥
묻어갔던 기억이 나. 그래서 한솔 글을 보고 놀랐지.
이렇게 부담될 수도 있었겠구나.

한솔　　나는 첫 모임이 지리산이었어. 제3의 장소도 아니고,
새벽의 부모님 집. 회사 동료들과 회사 밖에서 처음
함께하는 자리인데, 그 처음이 지리산. 지리산 간다고
그랬을 때 가족이 나한테 얼마나 파이팅을 해주던지.
기차역까지 "할 수 있다! 할 수 있다!" 배웅을
받으면서 출발했어.

새벽　　한솔이 엄청 큰 오설록 차 세트를 사 들고 왔어.
부모님께 먼저 딱 드리고, 엄마가 집 구경을
시켜주는데 한솔이 이 꽃은 이거네요, 저
꽃은 저거네요, 열심히 했나 봐. 엄마가 이렇게
말하더라고. "한솔이 그 친구는 엄마한테
알은체하더라~." 처음에 지리산 오기, 어려울 수

있었겠다…….

정화　　　나는 기현을 초대할 때 아무 생각이 없었네. 기현,
올래? 술 좋아하지? 해맑게. 그날도 늦게까지 신나게
낮술낭독 하다가 기현이 솔의눈이랑 소주를 말아
칵테일을 만들어 마시는 모습을 보면서 신기해했지.
기현이 낭독을 하는데 특유의 느리고 나른한
목소리로 읽는 거야. '이 친구 낭독 참 잘한다. 참
듣기가 좋다.' 생각하면서, 나도 낭독할 때 기현처럼
좀 느리게 읽어야겠다 했어. 그러던 기현이 한번은
"뭐라는 거야."로 시작하는 문장을 낭독하는데
그때 카리스마에 또 한번 반했지. 근데 갑자기 집에
간다고 일어나더라고. 나중에 알고 보니 기현이 그날
긴장을 했고, 술을 급히 마셔서 취해 있었다더라. 난
전혀 몰랐네.

233

평어로 말하기

정화   처음 기현을 초대했을 때 나는 지금보다 더 나이를
인식하지 못했어. 그냥 나는 나야, 하며 해맑게
누구에게든 마음을 열었지.

기현   지금은 인식이 달라졌어?

정화   나의 나이라든가 연차라든가 이런 것 때문에
의도와는 다르게 불편을 줄 수도 있겠구나 생각하게
되었지.

세영   나는 나이보다 회사에서의 직급을 의식했던 것
같아. 한솔 대리님이 초대했고, 새벽 과장님, 정화
차장님이 있다. 나이 차이를 제대로 인식한 건 안산
정화네 근처 노래방에 가서인데, 새벽이 쿨 노래를
계속 부르는 거야. 그때 다른 세대라는 걸 처음
인식했지…….

정화   새벽이 서서 노래 부르던 모습, 잊을 수가 없어.
거의…… 외계인 같았어. 새벽은 노래방 기계 앞에
서서 곡 번호를 누르며 무한히 노래하고 춤추고,
가운데 움푹 파인 자리에선 세영이 피곤에 지쳐 누워
있었지. 뒷자리에 나랑 은이 앉아서 나는 누구? 여긴
어디? 했던 것 같다.

세영   평어를 쓰기 시작하면서 새벽 과장님, 정화 차장님,
하지 않고 새벽, 정화 이렇게 부르면서 모임이 좀
더 편해졌어. 평어를 쓰기 위한 조건이 '안전한
관계'인데, 회사가 과연 안전한 공간인가? 하는
의구심을 잠시 접어두고 시작했던 기억이 나. 처음엔
어색했는데 금세 적응했고.

기현   서로를 직함이 아닌 이름으로 부르게 해주는 평어를
처음 접했을 때, 평어를 쓰기 가장 좋은 환경이 '같은
목표를 가진 학습 공동체'라고 읽었던 기억이 나.
우리의 목표라면 '즐겁게 일하기'라고 말할 수 있을
테고, 서로에게 각자 좋아하는 책을 소개해준다는

점에서는 학습 공동체라고 할 수 있을 테니, 우리가
평어를 쓰자마자 자연스러웠던 것은 어떻게 보면
당연할지도.

정화　　기현이 전파한 '예의 있는 반말'의 장점을 나는
동등감과 존중감이라고 생각했어. 형식적으로나마
서로의 자리를 평평하게 하면 마음도 차츰
평평해지고 격의 없는 대화가 이루어지지 않을까.
그러니 평어를 못 쓸 이유가 무어냐 했지.

새벽　　기현이 철학자 이성민의 글을 《릿터》에 연재할
때부터 주목했지. 평어라는 내용에 앞서 나도
주목하던 철학 필자가 민음사와 일한다는
점에서. 그때는 한국문학팀과 인문사회팀이라는
팀 구분에도 신경 썼나 봐. 평어라는 모험을
조직에 자연스럽게 도입하는 기현이 대단하다고
생각하면서, 문턱이었던 '분야' 차이를 한발 딛고
넘어갔네.

한솔   나도 처음에 평어에 의구심이 들었는데……
      좋아하는 사람들이 먼저 쓰는 것을 보고 '나랑도
      평어 하자!' 이런 느낌으로 시작했던 기억이 나.
      이미 가깝다고 생각했는데 평어를 쓰면서 이전과는
      다르게 이 사람들과 더 긴밀해졌다는 느낌이 들었어.

모임 준비

세영   정화의 글에 음식 이야기가 많이 나와서 재미있었어.
      나에게 낮술낭독회 하면 가장 먼저 떠오르는
      이미지란 한상 가득 준비되었다가 아주 오랜 시간에
      걸쳐 사라지는 음식들, 바닥에 차례로 진열되는
      술병이거든. 서로의 음식 취향도 알게 됐지. 나도
      기현이 처음 참여한 낮술낭독회에 사 온 솔의눈이
      인상 깊었어. 정화는 밤이 깊어지면 사발면을 찾고,
      새벽은 김치를 찾지.

기현   응. 처음에 나는 낮술낭독회가 와인만 마시는

곳인 줄 모르고 '오, 최근 새로운 조합법을
발견했는데 (그게 소주에 솔의눈 타 마시는 거였거든.
솔의눈의 매력도 그때 처음 알았지.) 이거 굉장히 새롭고
획기적인걸? 엄청 맛있으니까 가져가야겠다.
친구들도 좋아하겠지……' 했는데, 와인병들 사이
소주병이…… 좀 머쓱했어. 그리고 우리 집에서
낭독회를 했을 때는 집에 김치가 없어서 혼난 적도
있다. 그러다 냉장고 안쪽에 종갓집 맛김치가 있는 걸
발견하고 휴, 했지. 한국에 김치가 없는 집은 없다!
그날 열라면과 함께 김치 한 통을 다 비웠어.

세영   각자의 집에 초대할 때 어떤 마음으로 어떤 것들을
준비하는지 궁금해. 나의 경우 설렘과 부담,
기꺼움과 아득함이 함께 있어. 초대하려면 청소를
해야 하는데 언제 다 치우지. 새벽도 오늘 모임을
준비하면서 어젯밤부터 분주했을 것 같아.

새벽   일단 화장실 청소가 가장 중요해. 예전에는 집에
부족한 접시, 숟가락 젓가락, 의자까지 새로 샀어.

어쩐지 배달보다는 요리해 대접하고 싶은 심정에

장을 크게 보고. 새롭고 괜찮은 샴페인을 준비하고.

사실 미학적인 측면이 중요한데, 모임 날짜가

잡힌 순간부터 '우리 집이 보기에 어떨까?' 하는

시선으로 집을 주시하게 돼. 한두 달에 걸쳐 조금씩

정리하면서 그동안 갖춘 커피잔 세트와 유리컵,

컵받침과 차 수건을 봐줄 거라는 상상에 흐뭇해하지.

(음흉)

서로의 집에서 모이기 전에는 카페나 술집을

전전했지. 그러다 코로나가 시작되면서 집 초청이

시작됐고.

정화   우리 집은 경기도라서 초대할 때 친구들에게 멀지

않겠니, 했는데 다들 괜찮다, 간다, 하는 거야. 올

준비가 돼 있는 느낌이었어. 그때 나는 잔치국수를

해야겠다 생각했지. 유일하게 할 줄 아는 요리거든.

당근마켓으로 예쁜 찻잔도 몇 개 사고 밀키트도

사고 밀린 청소도 하면서 기다리는데, 엄청 명랑한

표정으로 새벽과 한솔과 세영이 우르르 들어오더라.

현주도 자연스럽게 합류했고. 그러다가 우리 집
거실에 놓인 안마 의자에 차례로 앉아서 안마를
받았잖아. 내가 안마 의자 처음 쓰면 아프다 했는데
세영은 신음을, 새벽은 까마귀 소리를 냈지. 내가
지하철 로드숍에서 산 냉장고 원피스 한 벌씩 입고
기념사진도 찍고. 그날 낭독회를 새벽까지 했는데
마지막 마신 술은 백화수복이었어. 호재 씨(정화의
배우자)가 밤 11시쯤 문자로 "나 이제 들어가도 돼?
더는 갈 데가 없어." 하더니 20분 뒤 "혹시 내가
창피해?" 해서 집으로 오라고 불렀지.

한솔　　정화네 집이 생각나. 창밖으로 놀이터가 보여서
　　　　주말에 아이들이 노는 소리가 들렸지.

정화　　호재 씨가 그때 한솔을 보고 "낮술낭독회에
　　　　고등학생도 있더라." 했던 기억도 나.
　　　　(다 같이 웃는다.)

한솔　　무슨 소리야!

남편들 이야기도 웃기다. 우리 남편도 낮술낭독회

하면 밖에서 떠돌고 떠돌다가 밤늦게 겨우 집에

왔는데도 아직 우리가 집에 안 가고 있어서

놀랐대. 그때 정화 남편분도 등산도 하고 사우나도

하고 피시방도 갔다 왔는데도 우리가 아직 집에

있어서…….

새벽　　우리가 대원 씨(한솔의 배우자)한테 요즘 읽고

있는 책 낭독해달라고 계속 조르니까, 대원 씨가

래리 하이트의 『부의 원칙』을 읽어주기도 했지.

놀리려다가 뜻밖에 감동받았네.

정화　　나는 대원 씨 낭독할 때 목소리가 좋아서

감탄했잖아. 내 기억에 그때 대원 씨가 콧수염을

길렀던 것 같은데.

동료의 손맛

기현   정화가 잔치국수를 해줘야겠다 마음먹었던 것처럼,
낮술낭독회를 하려고 모이면 테이블에 여러 가지
음식들이 올라왔다가 흔적도 없이 사라지고는
하지. 나도 처음 모두를 집에 초대했을 때 '어?
분명 넉넉하게 준비했다고 생각했는데 이걸 다
먹게 되다니!' 하면서 혼자 웃겨 했던 기억이 나.
그리고 기억할지는 모르겠지만 한솔이 그때 내가
한 파스타를 먹으면서 근래 먹은 파스타 중 제일
맛있다고 해줘서 그 말을 혼자 오래도록 간직하고
있었어. 정말 뿌듯하더라고…….
동료가 준비한 음식 중에 가장 기억에 남는 게
있다면 뭐야? 나는 지금 새벽이 막 테이블에 올려 준
세비체. 집에서 문어 세비체를 하다니……. 새벽이랑
어울리는 멋진 요리다. 게다가 정말 맛있잖아?
이것도 왠지 오래오래 기억에 남을 것 같고. 이상하게
세영의 집에 갔을 때 먹었던 군고구마도 떠올라.
우리가 늘 한 번에 딱 모이지를 않고 한 사람씩

시차를 두고 차례차례 모이니까, 식전 음식을 따로
마련해준 마음씨가 읽혀서 고맙고 좋았어. 물론
엄청나게 맛있는 고구마이기도 했고! 다들 어때?

세영   기현이 해준 명란파스타! 기억나. 엄청나게 맛있었지.
오늘도 복숭아를 들고 왔는데, 한솔이 모임에 올
때마다 깎아서 용기에 챙겨 오는 과일도 생각나.
호스트가 주방에서 씻고 깎을 필요 없이 바로 먹을
수 있도록 완전히 손질된. 한솔의 세심함을 느끼는
순간이야.

한솔   그러게. 요즘 복숭아가 맛있어서 오늘도 한 그릇
깎아 왔네. 과일 깎아서 준비해 가면 다 같이
이야기하면서 바로 먹을 수 있어서 좋아. 아무래도
호스트 역할을 하는 집주인은 잘 먹고 있는지 먹을
걸 더 줘야 하진 않을지 계속 신경 쓰게 되니까.
전에 가리비 철에 한번 우리 집에 모였을 때
가리비찜을 했었지. 작은 상자 하나분을 다 쪘는데
껍질이 있으니 엄청나게 풍성한 요리 같아 보였어.

그런데 그 이후로는 다시 안 했던 걸 보니 낮술낭독회 손님에게는 더 특별한 걸 해줘야겠다는 생각이 있는 것 같아, 확실히.

새벽 아아, 복숭아를 깎아 온 한솔에게서 엄마의 손길을 느끼며 바로 그릇에 덜고 용기를 씻어서 넣어뒀어. 나는 오늘의 세영처럼, 와인을 한 병이 아니라 두 병을 사 오는 넉넉함을 마주할 때 내심 감동해. 물론 나가서 더 사 올 수도 있지만, 앉아서 마시다 보면 도끼 자루 썩는 줄 모르니까……. 이런 말은 술주정뱅이 같아서 그동안 표현하지 못했어.

서로의 책장

기현 테이블에 앉아 두런두런 이야기를 나누다가 몸이 찌뿌둥해질쯤 일어나서 같이 책장을 구경했던 기억이 재밌고 좋고 특별했어. 서로의 책장을 보여준다니. 뭔가 은밀한 느낌도 들고 무엇보다 너무 흥미롭고. 각자 집에서 이런 책들을 읽으면서 시간을 보내는구나 떠올릴 수 있다는 게 좋았어.

한솔의 책장에서 추억의 그림책들 잔뜩 봤었지. '세영은 읽어야 할 책들을 한곳에 모아두는구나. 근데 그게 되게 많네……' 생각했던 기억도 나.

한솔   새벽네 책장은 정본을 꽂아놨다는 느낌이었어. 100년 갈 책만 놔야지, 뭔가 괴테, 칸트 이런 게 꽂혀 있다든가. 새벽이 우리 집 책장을 보면서 생소해했던 것도 재밌었어. 남편의 데이터 분석 분야의 책을 보면서 이런 책이 있네 했지.

정화   나는 집에 세계문학전집을 못 두겠더라고. 집에서도 일하는 느낌을 받기가 싫었던 것 같아. 근데 새벽네 책장에 세계문학전집 1번부터 가장 최근 번호까지 가지런히 꽂혀 있더라고. 순간 부럽더라. 나도 모을까 잠깐 생각하다 말았어.

기현   나도 비슷해. 일과 관련된 책은 회사에 두고. 집에는

내가 읽기 위해 산 책만 두는 느낌이야. 다른 팀
책들은 두기도 하지만.

새벽　나도 웬만해선 회사 책을 내 책장에는 두지 않는 게
기본이야. 내가 편집한 책을 보관하는 건 필요할 것
같은데 그건 퇴사할 때……. 사실 한번 꽂고 나면
서재를 들여다보는 일은 잘 없어. 집에 손님이 오면
‘나 이런 책도 있는데.’ 하면서 막 꺼내고 노는 게
재밌다.

정화　기현네 집은 물건도 그렇고 책장도 그렇고 너무
기현스러워서 정감이 가더라. 하나같이 귀엽고
편안하고 사랑스러웠어. 세영 책장에는 다양한
분야의 신간이 많아서 역시 세영은 책을 많이
읽는구나, 느껴졌어.

새벽　신간 중에 세련된 것은 다 세영의 책장에 있다.

기현　낮술낭독회에서 소개받아 새로 산 책들도 있어.

한솔이 『헤테로토피아』를 엄마 되기 상황과
관련지어 얘기해주었던 게 오래 기억에 남았어.
그래서인지 책 내용도 더 흥미롭게 들려서 나도 사서
재미나게 읽었지.

정화   새벽이 『랭스로 되돌아가다』 이야기를 해줬는데,
너무 좋아서 바로 사서 읽었던 기억이 나. 그때 책과
멀어지던 시기였는데, 이 책은 읽을 수 있겠다는
생각이 들었어. 계급 갈등에 대해서 연구하던 학자가
자기 아버지의 고향인 랭스로 돌아가서 어머니와의
지속적인 대화를 통해 부모 세대와의 갈등과 문제를
이해하는 과정을 다루는 책이잖아. 인문학이
싫어지고 읽기 어려웠던 마음이 그 책을 계기로
좀 풀렸어. 나도 언젠가 기회가 되면 안산에 대해
써보고 싶더라. 여기 산 지 벌써 18년이 되었거든.
서울 사람들은 내가 안산에 산다고 하면 "외국인
많이 사는 곳이죠?" 하거든. 그러면 "네, 근데 저는
식물원 근처에 살아요. 안산엔 공원이 많고 가까운
곳에 바다도 있고요." 하면서 안산이 좋은 곳이라고

변명을 해. 마치 금천구 살았던 어릴 때 서울 도심에
가깝다고 바득바득 말을 덧붙일 때랑 비슷하지. 내가
살던 곳을 회상하면 당시 숨기고 싶었던 내 마음도
덩달아 떠오를 것 같아.

한솔 서울이 아닌 곳에 살면서 느끼는 마음들에 대해 나도
공감해. 난 안성에서 학창 시절을 보내고 떠났다가
몇 년 전 다시 돌아간 건데, 이렇게 시간차를 두고
오랫동안 그곳에 쌓인 마음이나 생각들이 있거든.
그래서인지 낮술낭독회 친구들을 어릴 적 지내던
집으로 초대했을 때 느낌은 평소와는 또 다르더라고.
집으로 초대하는 '바람에' 내 생각보다도 더 나에
대해 알려주고 있음을 문득 깨달았어.

읽고 만드는 책 이야기

정화 일이 너무 바빠서 책과 오히려 멀어지는 경험을
하잖아. 그 기분 되게 싫은데 돌파구는 마땅치 않고.

그럴 때 어떻게 해야 할지 모르겠어.

기현　나는 그럴 때 만화책을 많이 봐. 책을 넘기고 읽는 행위가 비슷하니까 만화책을 재미있게 보다 보면 다시 여러 책들도 읽을 수 있게 돼. 최근에는 『메이코의 놀이터』라는 만화책을 엄청 재밌게 읽었어. 한쪽 눈에 늘 안대를 끼고 다니는 캐릭터가 등장하는 만화인데, 안대 속의 눈과 마주친 사람들은 메이코의 무의식으로 끌려 들어와서 메이코에게 잔혹하게 처치당하는 이야기야.

새벽　한솔과 대화를 나누다가 아버지가 그림책 작가라고 들었던 때도 기억나. 난 그때만 해도 그림책에 대한 개념이 흐린 상태였거든. 한솔의 안성 집에 갔다 온 뒤에 신시아 라일런트의 『강아지 천국』이라는 책을 사서 읽었는데, 같이 보던 전현우(새벽의 배우자)가 우는 거야. 강아지를 혼자 돌보다가 떠나보낸 기억을 나누면서 주말에 아름다운 시간을 보냈어.

한솔　　　새벽이 한창 동물의 영성에 대한 얘기를 할 때가
　　　　　있었어. 그래서 새벽에게 추천했지.『강아지 천국』참
　　　　　좋지.

새벽　　　맞아. 강아지들이 다 하늘나라에 가서 행복하게
　　　　　놀고 있어. 인간 어른이 나중에 죽어서 하늘나라에
　　　　　가면 강아지들이 마중을 나오는 거야. 인간 어른은
　　　　　늙었는데 강아지 모습은 그대로지. 눈물이 터져
　　　　　나오는 부분. 나는 무슨 책이 좋다고 해도 영향을
　　　　　많이 받는 게 힘들어서 잘 안 읽거든. 그런데
　　　　　낮술낭독회에서 한번 다른 친구의 입을 통해 거친
　　　　　책은 좀 더 쉽게 접근할 수 있게 돼. 정화가 자신이
　　　　　편집한『멜랑콜리아 I-II』읽어준 것도 좋았어. 우울한
　　　　　화가의 상태를 강박적으로 묘사하는 욘 포세의
　　　　　호흡이 정화 목소리를 통해 그대로 전달되는 게
　　　　　놀라웠지.

한솔　　　정화는 본인이 만들고 있는 책에 대해 재밌게 얘기를
　　　　　해줘. 되게 열정적으로. 사실 회사에서 나오는

책을 다 읽을 수는 없는데, 정화가 얘기를 해주면
읽어보고 싶어.

난 책을 읽기 힘들 때는 그림책을 읽어. 어떨 때는
읽고 너무 벅차서 '그림책으로 이걸 다 할 수 있는데.
어린아이가 읽지 못할 만큼 길고 어려운 이야기,
많은 글자는 불필요하다!' 이렇게 생각할 때도
있고. 그림책은 근본적으로 어린이를 위한 세계이기
때문에 누구든지 거기로 들어서는 데 어려움이
없다는 게 또 참 아름답거든. 너무 지치고 힘들 때
넘어야 할 문턱이 없다는 것은 엄청난 환대라고도
느껴.

정화   나는 지난번 낮술낭독회 때 차학경의 『딕테』를
낭독했는데, 은의 해석을 듣고는 내가 너무 가벼이
읽었구나 돌아봤어. 그 뒤 김지승 작가를 만난
자리에서 『딕테』가 얼마나 대단한 작품인지, 여전히
말하지 않은 이야기가 많다는 걸 다시 느꼈지. 책을
읽거나 만드는 데 그간 공부가 부족했다 싶어서
김지승 작가님 온라인 『딕테』 강의를 수강 신청했다!

251

세영   낮술낭독회 사람들 중 여럿이 《한편》을 만들다
보니 자연스럽게 잡지의 다음 주제 이야기도 했던 것
같아. 동물, 일, 권위……. 지금 생각하고 있는 주제를
맴돌면서 책을 읽으니까 낮술낭독회 때 정화나
기현이 들려주는 이야기가 편집하는 데에도 도움이
됐어. 그런데 일 이야기가 길어지다 보면 집에 가고
싶기도 했다……. 이건 책 만드는 사람들이 주말에도
모여서 책 이야기를 할 때의 즐거움과 곤란함이네.

낭독할 책 고르기

기현   책을 가져올 때 기준이 있는지 궁금해. 다들 여러
권을 동시에 읽다가 그중에 한 권을 낭독회에
가져가야겠다 하고 결정을 내릴 텐데, 예를 들면
나는 새벽의 격한 반응을 상상하면서 고르게 될
때가 있는 것 같거든. 읽다가 나 역시 좋아하는 부분,
혹은 나로서는 다소 뜻밖의 부분에서 가장 확실한
반응을 보여주는 사람이 새벽이라서 고마울 때가

많아. 낭독에 힘을 실어주는 느낌도 들고. 그리고
'낭독을 들었을 때 재미있는 책일까?' 이런 걸
상상하면서 책을 고르게 되는 듯해.

새벽　　나는 엄청 명확해. 낭독까지 해야 되는데 시답잖은
거는 절대 할 수 없고. 가끔가다 너무 사로잡혀서
소개하지 않으면 안 된다 싶은 책을 가져와.
『동학농민전쟁: 인물열전』도 진짜 충격적인
책이었고, 이충걸『해를 등지고 놀다』도 표지만
봐도 그렇잖아. 낭독하려면 모드를 바꿔야 하는데
그걸 가능하게 하는 강렬한 책을 찾는 거야. 내가
만들고 있는 책은 잘 안 가져오게 돼. 도대체 이거
어떻게 팔아야 하지 그런 생각뿐이라서. 그러고 보면
필자 대 편집자로 만나기 전, 내가 숨은 팬일 때에는
낭독했던 것 같다.『교정의 요정』의 유리관,『호르몬
일지』의 영이 글들.

한솔　　새벽 말대로 막 시답잖은 걸 가지고 오고 싶지는
않고 '재밌게 읽고 있는 거 친구들도 같이 읽으면

좋겠다.' 혹은 '나랑 같이 이 얘기를 좀 해주면 좋겠다.' 뭐 이런 식의 생각이 드는 것들. 나도 내가 만들고 있는 책을 읽은 적은 한 번도 없어. 그래서 정화가 본인이 만드는 책을 소개해줄 때 신선했어. 내가 이번에 이사하면서 책을 많이 버렸거든. 책장 두 개를 버려야 했어. 그러면서 세계문학전집도 많이 버렸는데 남은 것들을 보니까 정화가 재밌다고 한 프랑스 문학이 있는 거야. 『아소무아르』 이런 거. 정화의 소산이다.

정화   나는 이 모임의 좋은 느낌을 해치지 않는 책이면 좋겠어서, 항상 내가 이 책에 진심인가 생각했던 것 같아. 한동안 책이 안 읽히던 시기에 부끄럽지만 내가 쓴 글을 읽은 이유도 '솔직하자'는 마음 때문인 듯. 낮술낭독회에서 낭독할 책을 고를 때 엄청 신중해지지만 대체로 멤버들이 낭독해주는 책들에 더 매료되지.

세영   나도 강렬한 책이 나타날 때까지 고민해. 그런데

그런 책은 사실 드물고, 나한테 재미있는 책이 다른
사람한테는 아닐 가능성이 크잖아.

기현　　내가『초예술 토머슨』을 낭독했을 때 새벽 반응이
기억나. "참…… 일본이네?" '일본이네?'라니,
모호하면서도 그보다 확실한 감상은 없다 싶어서
오래 기억에 남았어.

한솔　　너무 좋은 책은 반응이 기대만큼 안 나올까 봐
걱정되지.

세영　　책에 대한 취향이 내밀한 것이란 생각도 들어.
'저게 재밌나?' 생각할 가능성이 언제나 있으니까.
그런 점에서 낮술낭독회의 듣는 태도가 늘
인상 깊어. '좋은 문장을 들으면 우는 까마귀'
새벽이 상징적인데. 긴가민가하면서 읽으면 이걸
이렇게까지 반응한다고? 이렇게 자기 얘기로
넘어간다고? 이 책으로 연결시킨다고? 이런 지점이
늘 신기했달까. 그렇게 이야기가 이어지는 짜릿함이

낮술낭독회의 큰 즐거움 중에 하나야. 가령 내
이야기에서 한솔, 정화, 기현, 새벽 이야기로, 또
그 반대로 넘어갈 땐 도약이 필요한데 그때 늘 책이
도움된다는 생각이 들어.

나에게 인상 깊었던 순간은 새벽이 『동학농민전쟁:
인물열전』을 읽었을 때야. 사실 나는 새벽만큼
동학농민운동에 관심이 크지 않아서 그냥 새벽
부모님네 책장에는 이런 책이 꽂혀 있구나,
신기해하면서 듣는데, 문득 뒤이어 읽고 싶은 글이
생각난 거야. 그날 가져온 책 대신에 일기에 적어
둔, 다큐멘터리〈열 개의 우물〉소책자 속 한 대목을
읽었어. 동일방직 해고 노동자인 안순애 선생님이
노동운동을 했던 젊은 시절 자신이 동학농민운동
때 맨 앞에서 눈 꼭 감고 꽹과리를 치던 소년 같더라,
한 이야기야. 새벽이 김개남 이야기를 낭독하는 걸
듣고 안순애의 이야기를 다시 떠올린 순간, 갑자기
동학농민운동부터 여성 노동자들의 투쟁까지
저항의 역사가 연결되는 것 같았달까……. 이런
몰입의 순간이 소중한데, 낭독하고 거기에 집중하는

일이 엄청 피로하기도 해. 그래서 만나서 두 시간

수다 떨다가 누군가 '아, 이제 낭독해야 된다.' 하면

그때 비로소 시작되지.

한솔　처음부터 낭독하고 싶어, 이런 건 아니고 다들

미적미적하다가.

정화　처음에는 살짝 어색해. 이렇게 쫙 차려져 있으니까

뭔가 우아해야 될 것 같고. 그러다가 어느 순간에

풀어지고 곧 몰입하면서 낭독을 하잖아. 그러다 보면

시간이 후루룩 지나가 있어!

한솔　좀 취해서일 수도 있고. 하여간 오후 2시부터

4시까지의 시간이랑 '갑자기 시간이 이렇게

갔다고?!' 놀라는 후반부의 9시부터 12시까지

시간이 다르게 간다. 도약이라는 표현이 맞는 것

같아. 여러 사람이 있으면 이야기하기가 어렵잖아.

누군가가 말하고 있는데 내가 화제를 전환하는 게

사실은 이 얘기를 내버려두고 그냥 빨리 내 얘기하고

싶은 걸 수도 있고. 그런데 어쨌든 모두가 책을
낭독하고 이야기를 해야 한다는 게 발언의 분량을
나눠주는 면이 있는 것 같아.

기현　『말 놓을 용기』에도 있는 평어의 중요한 조건 중에
하나가 누구 한 명이 이야기 분량을 지나치게
독점하지 말아야 한다는 거야. 낮술낭독회는
참여자들이 돌아가며 낭독한다는 형식이 정해져
있어서 평어의 형식이랑 잘 맞는다는 생각이
들었어. 그리고 낭독하면 개념을 공유하게 되잖아.
『헤테로토피아』를 읽고 누군가 다른 책을 낭독하면
'그것도 헤테로토피아네.' 하면서 이 책에서 저
책으로 왔다 갔다 할 수 있는 것도 낭독회의 장점인
것 같아.

사내 모임에서 일어나는 일

기현　우리는 어쨌든 회사에서 만난 사이고 낭독을 하지

않는 시간에는 회사 얘기를 많이 하잖아. 각자 처해
있는 어려움, 고충, 온갖 울분들, 폭발하는 분노.
같이 낙담하고 화내면서 힘을 많이 얻기도 하는 것
같은데. 각자에게 회사가 어떤 무게감을 갖고 있고
어떤 의미인지 이야기해보고 싶어.
올해 나는 내가 이런 동료들과 같이 일하고 있구나
그리고 모두에게 어려움이 있구나, 새삼스레
실감하고 있어. 지속가능성을 위해서라면 서로
어려움을 공유하는 게 중요한 것 같다는 생각을 많이
하면서.

정화 솔직히 전에는 낮술낭독회에서 회사 이야기를
하는 데 회의적이었어. 이 이야기가 이 사람한테
현실적으로 도움이 될까? 그런데 '우리가 그의
고민을 해결해줄 수는 없지만 대화하는 과정에서
스스로 다시 한번 생각해볼 수 있고, 다정한
조언이 첨언이 되면 힘이 날 수도 있겠다.'로 생각이
바뀌었어. 전에는 누군가에게 꼭 도움이 되어야
한다는 마음이 강했는데, 지금은 어떻게 하면

자연스럽고 편해질까 더 고민하게 되었지.

한솔 그러게. 나는 육아휴직 하고 복직했다가 또
육아휴직 하면서 회사에 안 나간 기간이 긴데. 사실
지난번 복직했을 때는 너무 힘들었어. 지금은 또
쉬어서 그런지 이렇게 다닐 수 있는 내 자리가 있다는
게 고맙기도 하고, 사람을 만나고 내가 해냈다는
성취감을 느낄 수 있음을…… 일이 아니라면
어디에서 찾을 수 있을까 싶기도 해.

정화 얼마 전 점심을 먹는데 회사 동료가 그러더라고.
회사는 싫은데 동료가 좋아서 다닌다고. 공감했음!
또 어떤 분은 사람이 힘들어서 회사 생활을 오래
못하는 경우가 많은데, 민음사 동료들을 만난 건
행운이라고 칭찬하더라고. 우린 대체로 못되기는
했어도 사악하진 않은 것 같아서 다행이야. 무엇보다
생각과 고민을 공유할 수 있어서 좋지.

한솔 친구 만나러 다닌다는 느낌도 있어. 편집자라는

직업의 특성이기도 한 것 같아. 사실 저자 미팅
가거나 기획 이야기하면 재밌거든? 기획이 안
받아들여졌을 땐 정말 싫지만 팀장님이 한번 해봐,
하면 너무 재밌잖아. 뜻이 맞는 사람들과 같이 뭘
한다, 그런 느낌.

새벽　다들 알겠지만 나는 회사 일에 잠식될 때가 많은데
상대적으로 거리 두는 법을 배웠어. 낭독회에서
솔직하게 얘기해주는 게 기준이 돼. 적어도 이건
아니라는 그런 거. 이거는 잘못됐다 내지는 이건
속상한 일이 맞다 하는 기본적인 현실감각을
일깨워줄 때가 돌아보면 소중했던 것 같아.
사회생활에서 상대방의 입장을 헤아리는 것도
중요하지만, 자기 기준을 세워야 한다는 걸 친구들이
좀 다양하게 보여줬달까.

세영　나는 민음사가 첫 회사잖아. 입사한 지 얼마 안 됐을
때부터 회사 사람들 집에 가서 술 마시고 낭독하기
시작했는데…… 밖에서 보면 이상해 보이겠단

생각을 하면서도, 사무실에서 딱딱하게 업무
이야기하며 눈치 보고 잘 안 풀리면 전전긍긍하고
맘에 안 들면 뒷담화하는 방식이 아닌, 다른 길이
있다는 걸 이 모임에서 배웠어. 동료가 친구가 되면
일하기가 훨씬 편하고 즐겁다.

정화　회사 사람들끼리 이렇게까지 진솔하기가 쉽지
않거든. 뒤끝 작렬하거나 냅다 절연하거나 하잖아.
근데 우리는 서로가 가진 다름의 결을 들어주고
이해하려고 애쓴다는 점이 고맙지.

새벽　낮술낭독회에서 손꼽히게 좋았던 순간들 중 하나가
기현이 두 번째로 참석한 낮술낭독회에서 세영이
"우리 이제 힘든 이야기도 하자." 하니까 기현이
진지하게 "그래, 나도 이제 해볼게." 했던 순간이야.
둘이 이렇게 손잡듯이 했던. 말을 안 하다 하는 게
존재를 바꿀 만큼 얼마나 큰일인지 잘 알거든.

갈등이 지나가고

기현   새벽과 정화의 글에서 낮술낭독회에서 벌어진
갈등 이야기가 있잖아. 서로 싸웠다가 감정의 골을
회복하는 과정은 오랜 친구 사이에서도 힘든데
낮술낭독회에서는 그것을 표출하고 다시 봉합하는
일이 자주 일어나는 느낌이랄까. 낮술낭독회 다음
날, 그러니까 서로 사과를 주고받고 갈등을 봉합하는
과정들을 어떻게 기억하고 있어? 나는 친구 혹은
동료 사이에서 이렇게 싸우고 푸는 과정을 겪어본
적이 거의 없거든. 오히려 친구보다 동료 쪽이 더
어렵다는 생각이 들어. 갈등이 생기더라도 매일
한 공간에서 마주치고 의견을 교류해야 하니까,
설사 말하고 싶은 게 생겨도 그냥 저 친구는 저런
성격이구나…… 하고, 넘어가는 데 더 노력을
기울이게 되더라고. 그래서 낮술낭독회에서 목격한
갈등의 장면들이 신기했어.

정화   나는 이게 낮술낭독회의 키워드 같아. 사회에서 만난

사람과는 갈등을 최소화하는 걸 예의로 생각하는
경향이 있고, 깊이 안 들어간다는 전제가 있거든.
어떤 면에서 그건 친구와 동료의 중간 지점이란
생각도 들어. 그런 쿨한 관계가 도시에서 인간관계의
노하우이기도 하잖아. 사실 낮술낭독회 하면서
누군가와 갈등이 생길 때 '안 보는 게 편하겠다,
그냥 말하지 말자.' 생각한 적도 있어. 그런데 결국
큰 틀에서 이 사람을 좋아하니까, 만나고 싶으니까,
갈등이 생긴 이후에도 계속 보고 풀려고 하는 지난한
과정을 거치는 것 같아. 그럼에도 좋아하는 걸
어떡해.

세영　　주말에 갈등이 있어도 당장 월요일에 회사에서 다시
얼굴 보고 일해야 하니까, 어떻게 이야기를 시작해야
할까 고민이 됐지.

한솔　　나는 너무 늦지 않게 집에 가니까, 산뜻하게
헤어졌다가, 다음 날 텔레그램 방을 보고는 어?
또 싸웠나 보군……. 사실 나는 안 봐서 다행이란

생각이 컸고 좀 신기하기도 했어. 싸우네? 근데
화해하네? 보통 싸우면 다시는 안 만나잖아.
돌이켜보면 내가 갈등의 당사자가 된 적은 없지만 한
모임 안에서 영향을 받는 입장이잖아. 그래서 결국
그냥 두고 볼 수밖에 없으면서도, 뭐랄까 응원하는
마음이 있었던 것 같아. 그런데 항상 싸우는 사람만
싸우고 화해하기 때문에 결국 화해할 거란 낙관 같은
것도 있고.

새벽   의견 교류를 솔직하게 하는 것과 갈등을 빚고
충돌하는 게 섞여 있어. 민망하지만 나는 두 가지를
헷갈렸던 것 같다. 좋아하기 때문에, 싫은 점을
견딘다는 정화의 글에 마음이 가장 찔렸어. 실로
이번 원고를 읽으면서 '정화가 싫기도 했구나, 나한테
동의하지 않는 때도 있구나.'라는 걸 처음으로
이해했거든. 처음이라니. 나도 말하면서 어이가
없지만, 친구가 나에게 동의하지 않을 때가 있다는
걸 받아들이기란 정말 너무 힘든 일 같아. 그렇더라도
"인간은 공동체 안에서만 고립될 수 있"다는 에바

폰 레데커의 역설처럼, 진짜로 동의하지 않고
나서야 갈등을 넘어설 수 있는 게 아닐까? 좋게 좋게
해서만은 안 되더라.

모임을 책으로

기현   어떻게 낮술낭독회 책을 쓰게 되었는지, 책 쓰는
과정이 어떤지 들려줄래?

한솔   정화가 먼저 쓰자고 이야기를 했었지.

정화   '왜 그랬을까?' 생각해보니 '모임을 오래 했네,
이만큼 오래 만난 게 참 소중하다. 기록하면 좋겠다.'
하는 의욕이 생긴 듯.

한솔   모임에 흥망성쇠가 있다면 그때는 모임이 절정에
있을 때였어. 돌이켜보면 낮술낭독회 끝나고 집에
돌아온 후에도 엄청 고양되어 있었던 기억이 나.

너무 좋아서 다른 친구들 모임에서 시도해보기도
했어. 평소에 책 안 읽는 친구들한테 책 가져와, 하고.
'너무 자극적인 우정이야!' 생각도 했고. 정화도 그런
고양됨에서 제안을 했던 것 같아. 남겨서 알려야
한다는 홍익인간의 정신으로.

정화 세미콜론 편집자 지향과 밥 먹다가 우연히
낮술낭독회 이야기를 하게 된 거야. 지향이 관심을
보이는 김에 기획안을 써서 주겠다 약속했지. 그러고
아마 1년 뒤? 한참 지나서 보냈어. 그런데 막상
글을 못 쓰겠는 거야. 당시 번아웃이 와서 글쓰기가
괴로웠어. 공저라 다행인 게, 한솔이랑 새벽의 글을
읽는데 의욕이 슬슬 올라오더라고. 두 사람에게
끌려가듯이 썼어.

한솔 셋이 같이 쓰니까 재미있는 것 같아. 뭘 쓰자고
정하지 않고 쓴 건데, 겹치는 얘기, 서로 달리
생각했던 부분도 재미있고. 올해 2월부터 쓰기
시작했는데, 처음에는 '낮술낭독회가 왜 책이

되어야 할까?' 그런 생각을 했거든. 그런데 셋이 만나 이야기하면서 회사에서도 친구를 만들 수 있다는 걸 보여주고 싶고, 이런 이야기는 남들도 알면 좋을 것 같다고 생각을 모으게 됐어. 이게 좋은 일이 될 수 있다는 걸 알고, 나아가 시도해보면 좋겠다……. 그때 '책이 될 수 있겠다.' 생각한 것 같아.

새벽　글 쓰는 건 늘 하고 싶어서 바로 수락했던 건데, 공저는 어려운 일이지만 편집자들끼리라면 잘될 것 같다는 판단도 있었어. 그게 다른 사람도 아니고 정화와 한솔이라면, 나는 둘째 언니 느낌으로 갈 수 있겠다. 어딜 가도 막내 아니면 장녀 역할인데 여기서 둘째 언니 역할을 해보니까 괜찮더라고.
요즘은 뭐든 나눠서 하는 게 필요하다고 생각하던 차라서 이 책도 차례차례 썼어. 하루 한두 페이지씩 써가는 거 재밌더라고. 편집자들이니까 마감일이 정해지면 뭐든 해올 거라는 믿음이 있었고. 그럼에도 회사 안팎으로 일이 많은데 다들 잘 써서 놀랐어. 풋풋한 감정이랑 추억을 쓰고 내보일 수 있는 건

복이다.

세영   세 사람의 낮술낭독회 기록들을 읽으면서 지난
       시간들이 새록새록 지나가서 좋았어. 이 사람들이
       너무 멋지다, 이렇게 같이 이야기할 수 있어서
       참 좋다, 하는 순간이 많았거든. 그리고 이 책을
       읽는 분들이 낭독회든 집들이든 독서 모임이든, 이
       모임의 부분들을 회사 생활에 적용해볼 수 있을
       거란 생각도 들어. 회사는 우리가 가장 많은 시간을
       보내는 공간이니까, 있는 동안 즐거웠으면 좋겠거든.
       과로하는 한국 사회에서 '정시 퇴근한다'도 중요하고
       '업무 시간 외에 일하지 않는다'도 필요하지만.
       회사에서 계속 마주치고 관계 맺는 사람들에게
       어떻게 내 생각과 의견을 더 편하게 전달할지,
       부대끼다가 생긴 갈등을 어떻게 해결할지에 대해서
       이 책이 힌트가 되지 않을까.

기현   나는 민음사가 세 번째 회사이고, 이전의 두 회사를
       거치면서는 '회사는 회사다, 회사는 그날의 일을

마치면 벗어나는 곳'이라는 생각이 굉장히 강하게 박혀 있었어. 그래서 민음사에 들어와서는 서로 집에 초대하고 주말도 같이 보내는 분위기가 처음엔 되게 낯설었던 것 같아. 하지만 평일의 대부분의 시간을 보내는 회사라면 기왕이면 즐겁게, 하는 마음이 회사에서 여러 친구들을 사귀면서 조금씩 피어올랐지. 그리고 우리가 편집자로서 해내고 있는 일의 특성상 의견을 많이 나누면 나눌수록 일에도 더 좋은 영향을 미칠 수 있으리라는 생각도 뒤이어 들었어. 낮술낭독회가 아니었으면 영영 몰랐을 책들도 덕분에 알았고, 그냥 알게 되는 것뿐만 아니라 훌륭한 소개말을 통해서 알게 되니 책을 읽을 때도 훨씬 좋더라고. 회사는 너무 복합적인 어려움이 얽혀 있는 공간이니까 "회사에서 모임을 하자!"라고 단순하게 말할 수는 물론 없겠지만, 내게는 낮술낭독회가 '회사에서는 웬만하면 사적 모임을 하지 않는 편이 좋다!'라는 하나의 고정관념을 깨준 계기였어. 그리고 고정관념이 깨지는 경험은 언제나 놀랍고, 좋고, 혼자 힘으로는 불가능한 것이지.

낮술낭독회 번외 편

세영   낮술낭독회가 오래된 만큼 이런저런 변화와
이벤트가 많았어. 2022년에 낮술낭독회 확장판을
열어서 각자 친구들을 초대했던 게 기억나. 우리
멤버는 다 여자니까 이번에는 남자인 친구들을
초대해보자고 새벽이 제안해서, 없는 주변 남자들을
모아 모아 핼러윈 파티를 했지. 느슨해진 모임에
활력을 불어넣어보자는 취지였어. 낯선 사람들이
오니 긴장감도 생기고 실제로 활기를 얻기도 했다.
하지만 한편으로 낮술낭독회 멤버들이 엄청나게
많은 맥락 위에서 대화하고 있단 사실을 깨달은
자리이기도 했어…….

낮술낭독회에서 함께 간 통영국제음악제도 무척
소중해. 올해 통영 정화네 별장 봉수아에 세 번째로
갔는데, 봉숫골 벚꽃나무 언덕길을 걸어 올라가는
게 너무 익숙하고 정겨워서 신기했어. 집을 내어주는
정화의 넉넉함에 늘 감사해. 봉수아에 갈 때면
나에게도 이렇게 친구들에게 빌려줄 수 있는 별장이

있으면 좋겠다고도 생각해. 여러 번외 모임 중 기억에
남는 것이 있어?

새벽   고려대 근처 파티룸에서 만났던 핼러윈 파티
대단했지. 그날 『철학책 독서 모임』을 쓴 나의 저자
박동수도 함께였는데, 그가 페이스북에 이렇게
후기를 남긴 거야.
"돌이켜 생각해보니 지금까지 무수히 많은 독서
모임을 해왔지만 술을 마시며 책을 낭독하는 모임을
해본 적은 없었다. 독서 모임도 술자리도 좋아하지만
둘을 섞지는 않았던 셈인데, 아무래도 내게는 독서
모임이 목표 지향이 뚜렷한 모임이기 때문이었던 것
같다. (⋯⋯) 그런데 낮술낭독회는 조금은 다른 결을
가진 모임이었다. (⋯⋯) 한결 부드러워진 분위기
속에서 온갖 이야기를 두런두런 나누는 경험은, 한
친구가 이야기한 것처럼 꿈결 속에 있는 것과 비슷한
느낌을 주었다."
그러면서 열 권의 책 목록을 같이 올린 걸 보고 깜짝
놀랐어. 와, 낭독한 목록도 역사 기록이구나. 그 뒤로

나도 수첩에 적기 시작했어.

기현　　낮술낭독회를 사내 소모임처럼만 여기다가도,
정화가 회사 바깥에서부터 시작한 모임인 만큼
굉장히 열려 있는 모임이라고 문득 자각할 때가 있어.
올해 초였던가? 플랜비 프로젝트 스페이스에서
진행한 낮술낭독회에 늦게 도착했더니 아는
얼굴보다 모르는 분들이 많아서 놀랐어. 내가
좋아하는 책, 오라시오 키로가의 『오렌지주를
증류하는 사람들』을 번역하신 임도울 번역가님도
계셔서 신기했고, 그분이 『투계』 중 한 편을
스페인어 원문으로 낭독했던 게 기억나. 물론
알아듣지는 못했지만 이런 만남도 가능하구나, 왠지
비현실적이고 신기했던 경험이었어. 이런 열린 모임은
정화의 추진력 덕분에 가능한 것 같아. 마음먹으면
일단 해보는 정화의 에너지는 어디서부터 비롯된
것일까, 늘 궁금해.

정화　　수원 푸른지대창작샘터 입주 미술 작가들과 한

낮술낭독회도 기억나. 그날 미술 작가들 몇 분이
시집을 가져와서 낭독했잖아. 작가 한 분이 김혜순
시인의 시를 낭송했는데 몇몇은 눈시울을 붉혔지.
나도 포함해서. 그러고 보니 우리끼리 할 때는 시집이
잘 등장하지 않았던 것 같다. 창문 너머 노을이 지는
텃밭 풍경을 보며 시 낭송을 들으니 마음에 여유가
생기더라. 낭송 듣고는 우르르 나가서 담배 피우면서
또 책 얘기하고, 우르르 나가서 작가들 작업실도
구경하고. 출장 낮술낭독회의 매력이야. 낯선 글,
낯선 풍경.

한솔　　2022년 핼러윈 낮술낭독회 남자 확장판 모임 나도
기억나. 그때 난 대학 후배를 초대했는데 야간
근무를 하는 친구라 출근 전에 왔다가 갔거든.
가면서 "항상 재밌는 모임을 하고 있네요."라고
말해줘서 '재밌었구나! 다행이다.' 생각했다. 그리고
또 생각날 때마다 웃음이 나는 건 새벽의 수첩을
봤던 때야. 새벽이 항상 모임 자리에서도 예쁜
수첩을 하나 펴놓고 뭔가를 받아 적고 있는데, 그날

낮술낭독회가 한창 무르익었을 때 그걸 나에게
보여줬거든. 그런데 그게 글자가 아니고 어떤 알 수
없는 기호…… 룬문자…… 요정의 글자처럼 보이는,
그러니까 글자가 아닌 걸 엄청 취해서 쓰고 있던
거야. 그러면서 나중에 보면 뭘 썼는지 알 수 없다고
해서 엄청 웃었던 게 생각나. 하고 보니 너무 취기가
가득한 이야기다.

앞으로의 낮술낭독회

세영   마지막으로 앞으로의 낮술낭독회 이야기를 해보면
좋겠어. 책을 다루는 모임에서 책이 나온다니 뭔가
매듭이 지어진 느낌인데, 이 다음 마디를 같이
상상해보고 싶다. 앞으로 모임에서 하고 싶은 일이
있다면 뭔지 궁금해.

기현   지금 문득 떠올린 것인데, 각자 재주가 많은
사람들이니 서로에게 아주 짧은 원데이 클래스를

해주어도 재밌겠다. 예컨대 '정화와 한솔이
알려주는 파우치 뜨개!' 같은. 무리일까 싶은 마음
반, 재미있을 것 같은 마음 반이다. 항상 나는 은을
보면서 '저게 바로 멋쟁이지.' 하고 생각하는데, 은이
알려주는 '쇼핑 잘하는 법'도 배워보고 싶네. 내가
알려줄 게 마땅치 않을 것 같다는 문제가 있지만.

정화　　나도 방금 떠오른 건데, 우리가 쓴 글과 우리가
함께 나눈 대담으로 이루어진 낮술낭독회를 열고
싶다. 기현의 소설 낭독회, 새벽의 산문 낭독회
등등. 멤버의 글을 여기저기서 접하고 읽기는
하는데 둥글게 모인 자리에서 함께 읽어본 기억은
없어서. 당사자는 무척 부끄럽겠지만 서로가 서로를
호명하는 '오그라드는' 낮술낭독회 해보고 싶어!

새벽　　얼마 전에 『작업자의 사전』을 쓴 서해인 작가를
만났거든. 프리랜서 작업자로 일 잘하는 방법을 사전
형식으로 힘들여서 쓰고 나니까 이제는 일을 잘하고
싶기보다는 '그냥 하자, 좀!' 하게 되었대. 나도 이

책을 쓰고 나서 전과 같을 수 없겠다고 느꼈거든.

이렇게 의미화를 한 뒤 다시 시작할 수 있으려나?

너무 멋쩍은 거야.

정화의 제안을 들으니까 자기 글 낭독하기를

한바탕하는 게 좋겠다. 늘 나는 첫 책을 내는

저자에게 '괜찮아요, 그냥 잘해주세요.' 하고

북토크로 등 떠미는 역할이었는데, 이게 지금 내

일이 된다니. 한마디도 입을 못 뗄 것 같은 어색함에

휩싸여서 이 일을 먼저 해본 선배인 기현, 정화에

기대서 해보고 싶어. 그러고 나서 독자님들 앞에

나서는 거야…….

서로에게 닿기 위한 느린 훈련

김현주

독립 큐레이터. 예술의 선물과 증여 가치에 대해 고민한다. 정체성을 폐업 큐레이터에 두고 있어, 일이 있을 때만 잠깐씩 전시를 만들고 글을 쓴다.

낭독, 잉여이자 과잉, 여분

나는 낮술낭독회 원년 멤버이자 객원 멤버다. 세운상가 서울팩토리 공간에서 열린 첫 낮술낭독회를 기억하니 원년 멤버 맞고, 객원 멤버라 칭해도 될까 싶은데 객원(客員)의 뜻이 손님 대우를 받으며 참여하는 이라 하니 이도 틀린 말 아니다. 객이 그렇듯 반쯤은 들어가 있고 또 반쯤은 몸을 빼 있곤 했다. 적당히 합류하는 데에는 바쁘다는 핑계도 있었지만 이 지면을 빌미로 다른 속내를 털어놓는다.

나는 의심이 많다. 미술 관련 일을 하지만 전시 장소에서 참여형 퍼포먼스가 벌어지면 거절하지 못해 함께하면서도 '혹시 나 이외에 다른 이들은 다 섭외된 퍼포머 아닐까?' 의심하기도 한다. '이들 모두 자발적으로 이 상황에 몰입하고 있다고? 그게 그리 쉽다고?' 그러다 보니 이들을 따라 몸은 쓰면서도 머릿속은 늘 복잡했다. 이런 생각을 할 때면 마음에는 슬며시 빗금이 쳐진다. 조금 외롭게 느껴진다. 이런 단편적인 이야기를 왜 하냐면 짐작하겠지만 낮술낭독회도 내게 그렇기 때문이다. 이런 이유가 낮술낭독회에 남은 사람들이 주로 편집자인 것에 영향을 주었을지도 모르겠다. 낭독에 이 들처럼 몰입할 수 있다니! 우선 놀라웠고 따라 하기 바빴다. 종종 성공했던가 모르겠다. 어색하게 따라 하기 바쁜 와중에도 낭독이란 다만 글을 읽는 게 아니라 목소리로 뼈대를 만들어 세워 텍스트에 숨을 불어넣고 밖을 향해 날리는 일인 걸 서서히 알아갔다.

내게 낭독은 과잉이자 잉여다. 그 자체로 자족적으로 비치는 글과 책에 성가시게 굴기다. 이들처럼 낭독이 일상이자 현실이라면 최초의 이벤트를 열고, 그 햇수와 횟수를 꼽으며, 낭독회를 함께하는 회사 동료가 진정 벗이 될 수 있을지에 대해 고심하고, 웃을 순 있겠다. 그러나 울기도 하며, 내처 책까지 낼 일이냔 말이다! 좀처럼 그럴 수는 없기에 내게 낭독은 현실이 아닌 여분이다. 이 이유로 나는 잔파도처럼 낮술낭독회를 맴돌았다. 전시를 만들고 미술에 관한 글을 쓰며 강의를 하는 나의 주된 일상에서 낮술낭독회는 조금 벗어나 있기에 바로 이 일상 아닌 상황이 못내 그리워 못 이기는 척 부름에 응했다. 그 속성이 역설적으로 나를 이끌었다. 바쁜 척 많이 빠지기도 했지만 다시 발길을 돌리게 만들었다. 이들과 거리를 두고 있는 동안 외로움이 약이 되기도 했고 의심을 품고 있기에 각성이 있(었)다. 나도 이들과 닮을 수 있을까? 닮고 싶기 때문에 묻는 질문이었다. 낭독을 정말 사랑하게 될까? 이 질문 또한 아마도 사랑하기 때문에 품었던 것 같다.

이 글은 '이들 또한 나 같을까?' 싶어 관찰하고 추리한 잠정적인 메모다. 원고를 받고 정화, 한솔, 새벽의 글을 돌아가며 한 장씩 읽었다. 처음부터 끝까지 쭉 읽어나갈 수도 있는데 혹여 누구 하나에 치우칠까 봐 마치 낭독처럼 공평하게 말이다. 어떨 땐 '그렇지!' 수긍하고 또 어떤 문단에선 '그랬구나.' 이해했다. 참여형 퍼포먼스인 낭독의 실시간성을 겪고서 그 후에 남은 것들을 두루 살피는 과정은 마치 대청소 같았다. 창문을 열어 환기를 시키고 문갑 안을 구석구석 열어보고, 오래된 가구 밑을 훑는. 이러다 미야자키 하야오의 애니메이션 〈이웃집 토토로〉에 등장하는 숯검댕이 요정을 만날지도 모르겠다. 숲의 신인 큰 토토로와 만나 나뭇잎

우산을 쓰고 생뚱맞게 고양이 버스를 함께 탈지도 모를 일이다.

이처럼 낭독은 판타지아를 펼친다. 월트 디즈니의 〈판타지아〉처럼. 각종 마술을 부려 멈춰 있던 것들을 일으켜 세워 생명을 불어넣는다. 낭독을 하면 건네받은 문장과 문단이 뒤늦게 당도해도, 오배송 되어도, 수취인 불명이라 할지라도 현실과 상상의 세계가 각자의 마음과 머릿속에, 서로의 이해와 오해 사이에서 찬란하게 공명한다. 이 세계에 살기 위해 서로 만났나 보다. 현실에서 더한 현실을 추출하려고 했고, 이를 가상에다 더욱 가상스럽게 만들기 위해 부목으로 덧대었다. 이 시간들은 일종의 중독자들의 회합과 진배없었다.

"가만 보면 당신들, 참 신기하고 이상해요. 그런데 그게 당신들만이 연출하는 장면이 아닐까 싶습니다. 그래서 멀리 떠나지 못했어요. 여분의 삶에 동참하고 싶었습니다."

낭독, 스스로 길어 올리는 속내

이 글은 이상하게도 그간 참 드러내지 않던 사연을 털어놓게 만든다. 낮술낭독회 자리처럼. 거절을 주저하는 성정 때문에 내 20대에는 나와 함께 짧은 기간 살았던 이들이 몇 있다. 여러 사연으로 내 집에 두서너 달을 거쳐가는 이들이었는데, 개중엔 벗도 있었지만 지인의 청에 못 이겨 받아들인 낯선 이도 있었다. 사연이 있어 더부살이하는 이들이다 보니 이불을 덮고 시름거리는 모습이 미운 날도 있었고 때론 철없이 굴어 대책 없다 여기기도 했다. 그러나 대체로 사이좋게 지냈는데 마음에 선이 또렷이 그어졌던 어느 날을 똑똑히 기억한다.

객이라 낯선 집에서 별달리 할 일이 없어 그랬겠지만, 내 서가에서 책을 꺼내 읽고선 "너 책에다 이런 글을 써놨더라?" 하는 사람을 곁에서 물렸다. 나의 무덤이 파헤쳐지는 기분이었다. 물론 그때는 내색하지 않았다. 마음에서만 물리고 말았다. 내가 너에 대해 꼬치꼬치 묻지 않는 만큼 너도 내가 책갈피에 숨긴 토로를 못 본 척 넘겼어야 마땅한데. 마치 비밀을 공유하는 이가 된 것처럼 적의 없는 얼굴로 다가와 거울 되어 나를 비추다니. 쫓아내진 않았지만 그이가 떠난 후 마음과 시간 속 그이의 자리마저 도려내고 싶은 심정이었다. 그런데 돌이켜 생각해보면 낭독처럼 내가 읽고 마음을 나누는 것과, 남이 보고 얘기하는 건 무슨 차이일까?

새벽이 수치심에 대해 언급하며 사라 아메드를 인용하는 부분에서 그 시절 작게 피어났던 객을 향한 못마땅함의 정체를 깨달았다. "수치심을 느끼는 주체는 항상 말하고 싶어 하는 주체"이지만 "말하고 싶어 하기에 침묵할 수밖에 없는 주체"라는 구절 앞에서 과거의 내 모습을 떠올렸다. 드러내고 싶은 마음과 숨기고 싶은 마음의 갈림길에서 자발성의 버튼을 누르는 기회를 뺏겨버린 나를. 다시 과거를 떠올려보면 나는 부끄러웠던 것 같다. 구석진 마음, 정념, 반쪽짜리인 채로 길 잃은 듯한 토로를 책 속에 묻어두었는데 그걸 내 목소리로 꺼낼 기회를 가로채인 것이다. 내가 용기 내어 그이에게 먼저 건넸다면 우리 사이는 달라졌을까? 돌이켜 생각해보면 그이의 '파묘'도 어쩌면 내 글에 대한 동감에서 비롯했을 수 있었을 텐데.

흔히 대화를 나누거나 타인 앞에서 말할 때, '내 말이 잘 전달되고 있나?' 궁금하면서도 소통의 욕구만큼 같이 커가는 것이 있다. '있어 봐라, 근데 지금 내가 제대로 말을 하고 있나?' 하는 메타인지다. 단순하고 담백해도 될 상황을 꼬아버리는 건, 스스로를 입체적이고 복합적인 인물이라 여기고 싶은 나일지 모른다. 나를 너무 크고 대단하게 상상해버리고 나면 못난 나는 구겨서 숨기고 만다. 수치심이라는 이 난처한 마음을 두고서 나를 의심 많은 처지의 한편에 두고, 낮술낭독회 이들을 광기 어린 몰입자의 처지에 두었을지 모른다. 감당해야 할 수치를 외면하고서 마음에 빗금을 새기고 외롭다며 뒷걸음질 친 건 아닐까? '나눔의 자발성을 주체적으로 관리해야 한다'고 되뇌인다. 정말 그렇게 행동할 때에야 꼬깃꼬깃한 나로부터 자유로울 수 있다. 스스로 길어 올려 속내를 드러낼 때에서야 교감이 생긴다. 나는 이를 서로에게 닿음이라고 생각한다.

최근 몇 해, 내 고민은 전시의 구체적인 관객이다. 전시를 기획하다 보니 때로는 고맙게도 만 명 이상의 관객이 집계되기도 하고 몇천 명의 관객이 전시를 관람했다는 통계를 받아들이기도 했다. 분명 고마운데 이 숫자는 가늠이 되지 않는다. 추상적인 관객처럼 느껴지기 일쑤다. 구체적인 관객을 향한 갈증이 자라났다. 구체적인 관객을 독서나 낭독에 빗대어 말한다면 독자와 청자일 텐데 판매 부수로 가늠되지 않는, 그 책에 밑줄을 치고 필사하며 누군가에게 그 구절을 건네고, 느낌을 글과 말로 표현하는 이들 말이다. 닿으려고 하는 이들은 어딘가 기대는 이들이다. 그러나 속내를 터놓는 건 퍽 던적스러워 나도 남도 외면하고 싶을 때가 있다. 구체적인 관객, 말하자면 닿으려 하는 이들을 회피하고 싶은 마음은 혹시 모를 몰이해를 두려워하기 때문이지 않나.

낭독이 두어 차례 돌아가다 보면 점점 농도와 밀도가 짙어진다. 단체 줄넘기 같은 양상인데 유치해 보여도 뛰어들어서 발을 맞추다 보면 누군가 발에 걸려 줄넘기가 멈춰도 아이처럼 웃게 되는 마술에 걸린다. 회자되는 말로서, 부끄러움은 왜 나(우리)만의 몫인가 자조 섞어 말한다. 본디 내(우리) 몫인데 다만 그만큼의 몫을 모두 서로 지고 있다는 걸 잊곤 한다. 낭독, 그 행위가 사람을 부끄럽게 만든다. 그런데 부끄러움은 사실 서로의 속내와 닿고 싶으면서도 외면하고 싶은 마음에서 연유한다. 그 마음 좀 알아주면 안 될까. 낭독은 마음을 꺼내놓는 좋은 방편이(었)다. 두려움만큼 큰 건 오히려 강한 소통 욕구일지 모른다.

낭독, 사람을 살리며 자기도 살리기 위한 연극적 연습

"그 시절 우리에겐 꿈이 있었다."라는 구절로 시작하는 베이다오의 「폴란드에서 온 손님」을 한솔의 글을 보고 찾아 읽었다. 꿈이 있었다는 과거형에 어딘가 서글퍼진다. 문학, 사랑, 세계 일주 여행에 대한 꿈들이 "깊은 밤 술을 마시며/ 함께 잔을 부딪칠 때" 부서져 내린다. 하지만 오늘에서야 부서져 내리는 꿈의 길고 긴 타래에 슬픔보단 '꽤 오래 함께한 꿈이 있었구나.' 하고 서글픔이 옅어진다. 오랜 시간 함께 꾼 꿈이기에 상실감도 크지만 머문 시간만큼 꿈은 내게 각인되어 있을 수

밖에 없다. 이 시를 소개한 한솔은 젖 대신 술이 앞서 다시 등장할 날을 기약한다. 낭독만큼 낮술도 즐기는 미래가 그이의 것이 되기를.

새벽을 말하자면 참 이상한 사람이(었)다. 수평적 관계를 지향하지만 타인의 입장까지 헤아리는 상상력은 갖추지 못했다는 자기중심성을 고백한다는 면에서 자기객관화에 상당히 능하다. "고립되어서 온라인 서점에 악플을 달던 나날이 있었"다고 하는데 그 맞은편에 "독서 모임을 부러워하는 사람들을 이해할 수 있다."고 시소를 태우다니. 좌우로 광폭한 걸음걸이를 내딛는 것 같으면서도 그이를 잘 들여다보면 세공이 잘된 보석 같다. 때때로 금속성이 냉하게 다가오기도 하지만 보석의 쨍쨍한 아름다움이 새벽에게 분명 있다.

정화는 낮술낭독회를 낳은 서울팩토리 빈 공간에 앉아 여기서 무엇을 해야 하나 상념에 빠지다가 그 말미에 어떻게 살아야 하냐는 물음을 던졌다고 한다. 아니, 작은 고민이 어느새 무럭무럭 자라나 살이의 문제로까지 증폭되다니. 퍽 정화다워 웃고 말았다. 모두 눈물을 흘릴 때 원래 눈물이 없다는 정화에 대한 한솔의 기억에도 피식 웃고 말았다. 그래, 그이에게 없는 건 눈물 정도겠지만, 그이에게 있는 건 셀 수 없이 많다. 꺾이지 않는 추진력, 스스로를 루저라 거리낌 없이 칭하는 용기(물론 내 생각은 다르지만). 자기만의 살림법을 깨우친 사람.

정화, 한솔, 새벽 이외에도 낮술낭독회에 함께한 이들이 많다. 단발성 자리를 함께한 이들도 나처럼 어색하고 서먹하게 들어섰다가 뜨거운 맛을 보았을지 모르겠다. 한편 바라보는 입장에선 그날그날마다 낯선 이들의 분투가 놀랍고 새로이 보였다. 낮술낭독회는 사람을 살리는 자리였다. 낮술낭독회는 살림법이었다. 잘 걷기, 잘 자기, 잘 먹기처럼 단순한데 그 단순함이 좀처럼 내 것으로 자리 잡지 못해 실패가 거듭된다. 연습과 반복이 필요하다. 낭독도 그러하지 않을까. 적어도 한국 사회에서 낭독은 아직 문화가 아닌 듯하다. 그러나 꼭 한번 직접 해보시라 권하고 싶다. 일상의 습관을 벗기란 몸의 힘을 빼야 가능하다.

최근 마음이 힘든 친구에게 메일을 건넸다. 마음

의 동요가 있더라도 너무 깊게 들어가지 말고 그냥 오늘 할 일, 내일 할 일 그렇게 가까운 것들부터 먼저 챙기라는 말과 함께 물에 뜨는 법에 대해 전했다. "발이 닿지 않는 바닷물에 들어가본 적 있는지 모르겠네요. 두려워서 허둥대지만, 몸에 힘을 빼면 누구든 뜹니다. 그렇게 떠서 하늘을 보면 정말 좋아요." 낭독도 마찬가지. 처음엔 어색할지 모르지만 한번쯤 이 과잉과 여분의 자리에서 따라 해보면, 그 과정에서 내 속내와 마주하면, 어느새 나와 닮은 여러 이들의 모습이 눈에 들어온다. 몰입이 어려울지도 모르지만 그것도 일종의 훈련이고 연습이다. 배우에게 몸에 힘 빼기를 강조하듯 낭독에도 몸에 힘 빼기가 수반된다. 삶에 대한 자각이란 나 밖에서 나를 바라볼 때 비로소 솔직해지고 선명해진다. 그러니 낭독! 더불어 낮술을 권한다.

나오며

소리 내어 우정을 불러내기

조은

도서출판 마티에서 편집자로 일한다. 반비, 위즈덤하우스에서도
책을 만들었다. 삶과 세상이 엉망일 때 글·말 세계를 가꾸는 일의
의미를 찾고 있다.

2020년 12월 12일 한술의 집에서 열린 모임을 시작으로 낮술낭독회 일원이 됐다. 휴대전화 앨범에서 그날을 찾아보니 알코올을 섭취해 저마다 다른 농도로 상기된 채 웃고 있는 여자들 중에 나도 있다. 그날의 긴장과 즐거움이 떠오른다. 저 사진이 찍힐 즈음엔 처음 자리한 모임에 대체로 잘 적응하고 어울리고 있다고 안도하며 항상 따라붙는 초조함을 적잖이 털어냈던 것 같다. (낭독 데뷔를 마친 뒤였다는 말이다. 어떤 책이었는지는 기억에 없다.)

한술의 집은 아늑하고 알맞고 산뜻했다. 이건 물론 한술의 배려와 기민함 덕분이었다. (고양이 찐빵이도 큰 역할을 했다!) 초인종을 누르기 전 복도에서 내려다본, 초겨울 성북의 청량한 풍경을 마주했을 때부터 좋았던 기분이 내내 이어졌다. 네 번째로 참여한 낮술낭독회였던가. 깊은 밤까지 애주와 낭독을 실천한 후 귀가하는 택시 안에서 동료가 생겼다는 실감과 함께 보람과 신기함이 교차했다. 책 이야기에 열 올리다 한 사람의 목소리에 귀를 세우고, 직장의 고통과 난관을 많은 배경 설명 없이 의논하다가, 우스개와 깊은 대화 틈틈이 일과 일상을 두루 나누는 게 되다니! 30대에도 새로운 방식

293

의 친밀한 관계를 다시금 맺어간다는 사실이 몸과 마음
에 활력을 줬다.

　처음 겪는 팬데믹의 불안과 우울에서 벗어난 계기
중 하나도 이들, 나의 친애하는 동료들과의 연결이었음
을 정화, 한솔, 새벽의 글을 읽으면서, 같이 만든 책들
을 회상하면서 깨달았다. 단행본 편집 일을 길게도 그
려보고(5개년 계획 정도 되겠다.), 어떤 인문사회서에 주목
할지 정하고, 내 욕망은 뭔지 고민하는 과정에도 동료
들의 영향이 또렷했다.

동료라는 기쁨, 동료되기의 어려움

　낮술낭독회의 멤버가 되기 두어 달 전, 인문 잡지
《한편》 편집진에 합류했다. 새벽과의 첫 대화가 어떻게
시작됐고 무슨 얘길 나눴는지 기억나지 않지만, 가끔
회사 건물에서 마주쳐 목례를 나눴을 뿐인 새벽(똑똑하
고 날카로운 이미지였는데 차가움과 반대되는 모습을 꽤 금방 보
게 될 것이었다.)이 같이 일해보자는 제안을 했을 때 매우

반갑고 신났다. 당연히《한편》이 선명하고 쿨한 콘셉트를 갖춘 흥미로운 '인문' 잡지이기 때문이었고, 당시 '팀장과 나' 2인 팀에서 일하고 있던 터라 동료가 생길 가능성에 설렜다. 게다가 민음사 내 여러 팀뿐 아니라 다른 브랜드 편집부까지 참여하는 '진짜' 협업을 경험해볼 희소한 기회가 아닌가. (그것이 성사되는 과정은 녹록지 않았고, 작은 실패와 성공의 반복 속에서 실현해낸 새벽의 용기와 수고를 기억한다.)

새벽이 짜놓은《한편》의 기획·편집 형식과 절차는 업무 효율과 잡지의 지향점 사이에서 제법 잘 굴러가고 있었다. 노동량이 많긴 했다. 주제 선정 및 구체화나 필자 섭외뿐 아니라, 초고와 수정고 검토 과정에서도 넷 또는 다섯 편집자가 다 모여 의견을 교환했다. 저자 미팅의 내용과 인구의 밀도도 높았다. 마감 전엔 필자들을 초대해 몇몇 원고를 리뷰하는 동료 평가 같은 자리를 가졌다.《한편》이라는 스타일과 일정 수준 이상의 완성도를 유지하기 위해 고안된 단계이고 장치였다. 나는 이런 과정이 무척 재밌었고 그 시간들에서 많은 것을 배웠다. 원고를 내 식대로 보는 데서 벗어날 수 있었고, 개고 방향을 어떻게 잡고 제시할지에 관한 제각기 훌륭한 아이디어를 빌려 새로운 시각을 익혔다.

평어를 쓰기 전, 그러니까 새벽과 정화를 "차장님."이라고 부르던 시절에도 주제나 글에 대해 상의(가끔 논쟁)할 때 직급 차의 압박을 받기보다 비교적 편하게 감상과 입장을 주고받았던 듯하다. 수평적인 관계로 짜여 있는 동료 세계의 입구쯤이었을까. 새벽 말마따나 발언량이 편향되는 상황이 종종 있었으나, 말하는 이도 그 점을 의식하고 있었으니 충돌로 번지지 않길 바라는 불안한 눈빛을 보낼 뿐이었다. 회피와 철회의 방어 기제를 쓰며 살아왔으나, 나도 변화와 개선, 창의를 위해 대립이 필요함은 깨쳤으므로 무의식적으로도 대립각을 세워주는 동료 옆에 붙어 있으려는 건지도 모르겠다.

새벽은 글의 완성도와 매력을 끌어올리기 위한 자신의 개념과 수단, 규범을 명확히 세워놓고 각각의 실전에 응용해 저자를 설득하는 데 뛰어났다. 한솔은 저자의 맥락을 풍부하게 이해하고 유추했으며 행간을 읽는 피드백에 능했다. 세영은 원고에 어떤 논평적 관점이 더해져야 할지를 확실하게 정리해내곤 했다. 정화는 넓은 이해를 바탕으로 글과 사람, 예술과 실험에 열린 태도를 보였다. 우리 중 가장 선입견이 없는 이는 정화일 것이다. 눈앞의 글 또는 일에 대한 의구심과 불안이 커질 때 견해를 물을 수 있는, 신뢰하는 동료들이 곁에 있다는 사실은 낙담과 의심의 귀재인 나에게 짜릿하게 든든했다. 생각과 원하는 바가 조금씩 달랐지만 우리가 설정한 목표를 한 번 더 밀어붙여보자는 데는 거의 언제나 한뜻으로 모이곤 했다.

그렇게 경험치를 쌓고 서로의 화두에 대해 알아갔다. 각자의 업무 리듬을, 강점과 콤플렉스 같은 것을. 무엇에 취약한지도 이해하게 됐다. 몰라도 좋았을 것들도 사이사이에 붙어 있었음은 물론이다. 그런데도, 평일에 매일같이 보고서 또 주말 온종일을 이렇게 순도 높게 함께 보내다니. 낮술이 한밤중으로 이어질 때나 다음 날의 피로 속에서 남 일처럼 가끔 놀라웠다. (난 다른 층의 사무실에서 일했고 자주 봐야 주 3회였다!) 때로 부담에 치이고 동료의 몫을 떠안기도 하고 외부의 노여움이 재앙처럼 들이닥칠 때면, 거리 두기가 답인 듯싶었다. 그러나 그냥 수다 떨기나 술자리가 아닌 낮술낭독이라

297

는 형식이 주는 긴장과 해방감의 다
이내믹이 나를 이끌었다. 이들을 친
구라 부를 수 있을까 어느새 궁금
해졌다. 회의의 낮, 야근의 밤, 연주를 듣는 저녁, 낭독
의 낮과 밤, 지리산과 통영의 날들을 보내면서 자의 반
타의 반 옆의 동료를 '살피는' 법에, 우정은 교환하는
게 아니라 주고받는 것이라는 데에 점차 익숙해졌던 것
같다. 혀와 몸과 마음이 꼬이는 순간을 거듭한 후에.

❖안담, 『친구의 표정』,
위즈덤하우스, 2024,
7쪽

문턱을 넘어오는 소리들

나는 친구들의 얼굴을 잘 떠올리지 못한다. 애초
에 친구가 아주 적었고 갈수록 사이가 멀어지니 그것은
회한의 얼굴이나 다름없다. 내게 친밀한 관계란 그것이
어떤 욕망과 형태로 빚어졌든 어렵고 두렵고 부대끼는
것이(었)다. 그치만 아웃사이더나 독고다이는 못돼서 안
담 작가처럼 내 글쓰기와 "책의 발원지는 친구들"❖이라
고 밝히거나 양다솔 작가처럼 "열혈 우정인"❖❖의 정체

성으로 자기 서사를 구성할 수 있는 이들의 글에 좀 음침하게 빠져들기도 했다.

2021년 3월 13일 두 번째로 참가하는 낮술낭독회에서 바로 내가 사는 집을 공개하게 됐다. 회사 동료들을 초대할 거라는 예고에 당시 같이 살고 있던 동생이 놀라워했다. 동생에게서 이 소식을 들은 부모님도 깜짝 놀라 내게 전화하셨다. 긴가민가했던 큰딸이 어엿한 사회인이 됐다고 안도하신 듯했다. 동생이 술에 곁들일 여러 음식과 후식까지 준비해줬다. 이런 호들갑의 이유는 내가 새벽이 편집한 책의 "아무리 친한 친구라도 집에 초대하지 않는다. 함께 거주하고 있지 않은 존재가 현관에 발을 들여놓는 것만으로도 마치 신체에 이물질이 침입한 듯한 느낌을 받는다."❖❖❖ 같은 대목에 일부 공감하는 유형이기 때문이다. 이제 고백하건대, 침입받는 감각보다 힘든 건 숨을 구석을 잃는 듯한 느낌이었다. 그래도 이날부터 2년 8개월여 동안 낮술낭독회 친구들을 다섯 번(이나) 초대했다. (2023년 11월 11일의 낮술낭독회 이후로는 다시 문을 닫았다.) 내 동생과 전 애

❖❖양다솔, 『아무튼, 친구』, 위고, 2023, 20쪽
❖❖❖영이, 『호르몬 일지』, 민음사, 2024, 89쪽

인을 빼고 우리 집에 가장 많이 온
이들이 전 회사 동료라니, 이 모임
에는 경계를 늦추게 하는 힘이 있나
보다.

　　낮술이 진정 효과와 들썩이는 움직임을 만들면,
낭독은 그 유연한 흐름에 마디를 맺으며 요철을 만든
다. 한솔이 읽어준 『잘 가, 안녕』에 누군가는 눈물 훔
치고 누군가는 미소를 띠고 있는 순간이나, 『이끼와 함
께』를 낭독하고서 이끼의 생태학에 식물학자인 저자와
편집자인 자신의 엄마 됨을 겹쳐놓을 때, 정화가 2년마
다 편집한 토카르추크의 책과 그에 대한 자신의 리뷰를
낭독하는 것이 우리의 의례처럼 느껴질 때, 하혜희의
시집과 1999년에 출간된 이충걸의 에세이집과 김민하의
정치평론을 낭독 텍스트로 가져오는 새벽이 (서로 다른
날의 낭독이었지만) 그것들을 같은 평면에 두는 듯하다는
막연한 추측에 사로잡힐 때, 세영, 그리고 "팔레스타인
인"의 발음을 자꾸 틀리던 내가 번갈아가며 『이스라엘
의 가자 학살』을 낭독했을 때, 그것이 "관계들을 떠받
치고 외로움을 몰아내는 사랑과 우정의 언어로"❖ 대화

❖리베카 솔닛, 최애리
옮김, 『오웰의 장미』, 반
비, 2022, 303쪽

하기 위한 느슨한 시도이자 과정이
라고 상상해본다. 밤이 깊어지면 질
투와 공격의 언어(비언어적 표현 포함)
가 반복되던 시기에는 어설픈 중재로 빠른 봉합을 희망
하며 속으로는 한 늙은 유모의 말을 떠올렸다. 마음의
병이 든 마님에게 그가 고하길, "필멸하는 인간들은 서
로 적절한 우정을 섞어야 해요. 영혼의 가장 깊숙한 골
수까지는 말고요".❖

❖에우리피데스, 김기영
옮김, 『메데이아』, 을유
문화사, 2022, 153쪽

출판사의 특징 중 하나는 일터에서 생산성 및 효
율성의 언어와, 사상의 언어나 과학의 언어, 문학예술
의 언어 그리고 고난이도 감정노동의 언어가 혼재한다
는 점인 것 같다. '회사 친구'인 우리는 회사 바깥에서
도 여러 종류의 말 사이를 오갔고, 종종 오락가락해서
유쾌했으며, 일중독의 '미'로 귀착되기도 했다. 문제는
그게 싫지만은 않았다는 것이겠다. 서로의 맥락을 아
는 관계, 서로의 맥락을 짚어주고 해석하는 일이 술과
낭독, 개탄과 분석과 고백과 추억이 뒤섞이는 자리에서
도 이뤄진다. 아마 모두가 편집자라서 더 잘할 수 있다.

301

나는 지난 9월의 긴 연휴 중, 낮술 낭독회에 오랜만에 참석해 키에스 레이먼의 글을 읽었고, 새벽이 3년 전에 내가 골라왔던 제임스 볼드윈❖신새벽, 「12호를 펴내며: 적개심 다루는 법」, 《한편 12호: 우정》, 민음사, 2023, 8쪽의 글을 상기했다. 잊고 있던 제임스 볼드윈의 저서, 『단지 흑인이라서, 다른 이유는 없다』가 떠올랐다. 그날 서울을 횡단하다시피 귀가하면서 새벽이 쓴 《한편 12호: 우정》의 발간사를 오랜만에 재독했다. "우정이 내가 나한테 할 수 없는 격려를 친구에게 받으며 글을 쓰는 방법일 때, 더 많은 저자와 편집자가 서로 역할을 바꾸고 겸직해가면서 우정을 쌓았으면 좋겠다."❖

현재 새벽은 나의 저자이고 나는 새벽의 편집자다. 우정을 논하며 "이건 적개심을 다루는 문제"라고 치고 나가는 저자이자, 당신의 적은 누구냐는 질문을 '우정'으로 치환해내는 편집자. 그가 던진 '저자와 우정을 쌓을 수 있는가?'라는 질문이 나도 궁금해진다.

낮술낭독회에서 주된 '침입하는 이물질'은 소리다. 모임을 하는 날은 언어가 흔들려 움직이고 퍼져나간다.

시각은 물리적으로 차단하기 쉬운 감각인 반면, 소리는 귀를 막아도 완전히 단절되지 않는다. 침입자 같은 소리는 청자의 의지대로 제어되지 않고, 낭독자 역시 자신이 조음해 내보낸 음성이 어떻게 들릴지 세밀하게 조절할 수 없다. 시각중심주의 문화를 내면화한 나는 보는 사람일 때 가장 즐겁고 시각 정보에 지배적인 영향을 받는다. 보고 보이는 것에 집착하는 사람에게 낭독회는 시각중심성을 미미하게나마 흩트리고, 청각이 지닌 힘을 체감할 수 있는 계기였다. 보고 또 보는 이들과의 시간이 지겹지 않은 것도 낭독회의 시간이 상대의 음성에 귀 기울이고, 각자의 조음기관을 통해 글자가 신체화되는 경험이기 때문이다. 여자들의 목소리가 지닌 섬세함을 사랑하는 한 여성 작가는 '어떤 목소리'가 품은 힘을 믿는다고, "목소리는 내 글쓰기의 텅 빈 두 손에 다시 오렌지를 놓아주었고, 종이의 하얀 막이 낀 글쓰기의 메마른 눈을 오렌지나무의 기운으로 문질러주었다."◆라고 적는다.

낭독의 시간은 일상의 상호작용에서는 쉽게 보이

◆엘렌 식수, 황은주 옮김, 『리스펙토르의 시간』, 을유문화사, 2025, 14쪽

지 않는 상대의 모습을 드러낸다. 나는 다른 작가의 글을 읽을 때와 자기가 쓴 글을 읽을 때의 어조가 미묘하게 다른 두 친구가 어쩐지 사랑스럽다. 한 친구는 문장이나 시행(詩行)을 끝낼 때 특유의 강세를 준다. 기왓장 같은 추임새로 낭독자들을 북돋기도 한다. 거의 일정한 속도로 글자를 부르듯 읽는 친구도 있다. 샐쭉한 상태로 만났더라도 동료의 말소리와 진동에 집중하다 보면, 가볍게 외면할 수 없는 청각 이미지가 생겨나고 평소보다 마음의 불편함이 빨리 사라지는 걸 느꼈다. 아니었다면 낮술낭독회는 이미 시들시들해져서 재밌는 책 한 권이 세상에 나오지 못할 뻔했다. 일에는, 의미 있는 대화에는, 소중한 것들에는, 특히 시간이 걸린다. 청각은 시각과 달리 비동시적인 감각이며, 낭독은 반드시 시간적 전개 속에서 이뤄진다. 그러니까 소리를 중심으로 구성되는 만남은 친구가 되기 위해 필요한 "오렌지"를 가져다준다고 하면 과언일까.

소리 내어 함께 읽을 때 생겨나는 일

2023년 10월에 반비를 퇴사하고 직장을 옮겼다. 동료들과 몸이 멀어지니, 옛말에 틀린 게 없듯, 마음도 좀 멀어진 듯싶었다. 많은 배경 설명이 필요하게 됐고 깍두기인 듯한 느낌이 더 들었다. 사내(社內) 이야기를 듣는 재미가 덜했다. 서로의 이야기가 전과 같은 해상도로 전해질 수는 없는 걸까 고민했다. 그러나 지난 1년여간 모임에 많이 빠진 이유를 거기서 찾는다면 핑계다. 나는 듣고 싶고 묻고 싶은 서사와 문제가 아직 많다. 다른 환경의 조직에서 조금 다른 방식의 책 만들기를 하는 내 상황과 경험을 필요시 잘 나누고 싶기도 하다. 다만, 이제 연말이니 써보는데, 올해는 정말 힘겨웠다. 21세기 사반세기의 끝은 이곳에서 어떤 분기점이 되고 어떤 긴급성(urgency)의 시간으로 기억될까.

동료들과 공유하지 못한 사이, 잊을 수 없는 얼굴과 목소리가 쌓여왔다. 상당수는 직접 본 것이 아니라 이미지로 접한 반쯤 가상이지만, 그렇다고 실제가 아닌 것은 아니다. 그중 하나는 축산동물 운반차에서 고속도로로 떨어진 한 돼지가 도로에 서 있는 올봄의 광경이다.❖ 물리적 충격을 받았을 돼지는 아마 생전 처음 돈사 밖으로 나온 것일 테다. 돼지는 빠르게 달리는 차들 옆에서 어쩔 줄 모르는 듯 고개를 방호벽 쪽으로 틀고 서 있다. 그래서 이 사진에서는 돼지의 얼굴을 볼 수 없다. 고개를 움츠리고 몸을 벽에 바짝 붙인 돼지의 얼어 있는 자세가, 고통받는 동물의 얼굴을 의인화해 재현한 어떤 사진보다도 강력하게 '응답-능력(response-ability)'을 이해하고 배양하기를 요구하는 것 같다.

화면 속, 매개된 이미지와 경험으로는 결코 환원되지 않는 감각적 경험과 대면 만남 또한 중요하다. 나는 삶과 우정의 다른 양식을 탐구하고 발명할 방법을 몰라 해본 일을 약간 변형하기로 했다. 그조차 혼자서는 할 수 없었다. 반비의 편집자인 고은과는 팀 동료로 같이 일한 기간은 짧았지만, 이후에도 자주 마주쳤다. 우리가 보고 들은 풍경과 사물과 사건이 곧잘 겹쳤던 것

❖ 기사에 따르면 이 돼지는 해당 차량이 돌아와 다시 싣고 갔다고 한다. 돼지는 어디로 실려 갔을까. 「"돼지 1마리가 고속도로에"……인천 제1순환고속도로서 돼지 출현 소동」, 《인천일보》, 2025. 5. 14

이다. 서로가 기록한 것, 서로에게 남은 것을 공유했고, 말과 글을 온 몸으로 외치고 쓰고 지키고 살아낸 사람을 한마음으로 흠모하며 '동지 의식'을 키웠다. 고은은 아무렇지 않게 행하는, 감탄하게 되는 면모를 지녔다. "그러면 아쉬우니까 이렇게라도 해볼까?" 지금 여기서 구현 가능한 방식을 파악해 질문의 형태로 제안하곤 한다. 다소 힘없는 목소리로. 그렇게 나는 고은과 동료가 되었고 친구가 되었다.

이번 가을, 나는 고은과 함께 두 번의 낭독을 했다. 알기도 모르기도 하는 사람들과 공공 공간에서. 한 번은 작은 소리로, 또 한 번은 더 많은 이들의 소리를 증폭해서. 가자지구 집단학살이 시작된 지 2년이 되는 날이던 지난 10월 7일이었다. 열 명가량의 참여자가 이스라엘 대사관 인근 인도에 둘러앉아 탁한 가로등 불에 의지해, 집단학살로 살해당한 가자 주민 353명의 기록을 돌아가며 낭독했다. 고은과 나는 목숨을 잃은 가자 주민들의 이름과 나이, 거주지, 살해당한 지역 및 날짜, 살해 경위 등을 목록으로 정리해 웹사이트를 만들었다.❖ 10월

❖ '가자의 순교자들',
https://martyrs-of-
gaza.vercel.app/

29일에는 고은과 그의 친구들이 3년째 진행하고 있는 '이태원 거리 낭독회'에 갔다. 이태원역 1번 출구 앞에 모여 시집 『듣지 않는 자들의 공화국』을 처음부터 끝까지 돌아가며 소리 내 읽었다. 고은은 참여자들에게 와인을 따라주고 낭독자에게 보랏빛 자주빛 꽃도 들려주었다. "이튿날 아침 깨어난 우리나라, 군인들의 소리를 듣지 않기로 한다./ 페탸의 이름으로 우리는 거부한다. (……) 열한 시가 되고, 체포가 시작된다./ 우리의 귀는 약해지지 않는다. 다만 우리 속 소리 없는 무언가가 강해진다."❖라는 대목을 읽던 이의 음조가 각인되었다. 내 차례에서 난 책에 그려져 있는 수어도 빼먹지 않고 따라 표현했다. 많은 사람들이 거리를 채웠고 주변 상점들의 불빛이 닿지 않는 곳도, 골목도 환해졌다.

    낭독은 어느덧 내게 호명이고 기록이자 기억이고, 떨리는 몸이자 이동이며, 무엇보다 구체적인 부름, 듣는 이를 들어줄 이를 불러내는 행위가 되었다. 그리고 낭독이 연대가…… 될 수 있길 바란다. 우정와 연대

❖ 일리야 카민스키, 박종주 옮김, 『듣지 않는 자들의공화국』, 가망서사, 2025, 20쪽

의 양식으로 낭독을 연습하고 행하기. 그 시작과 지금의 과정도 정화, 한솔, 새벽, 기현, 세영, 현주 그리고 더 많은 사람들과 함께한 낮술낭독회다. 나를 초대해주어 고마워. 낭독을 하고 싶으면, 그럴때도 나는 퍼포머처럼 혼자서 수행할 순 없어서, 낭독에 필요한 최소한의 쌍을 함께 이뤄달라고 청할 것 같아. 소리 내 읽는 걸 들어주기를, 그에 응해주기를, 소리를 되돌려주기를. 낭독은 관계를 불러내는 일이니까. 다음에는 내가 먼저 초대해볼게. 앞으로도 기쁘게 초대를 주고받자.

낮술, 낭독

토요일에도 보고 싶은 동료들과 읽고 읊고 웃는 관계 맺기

1판 1쇄 찍음 2025년 12월 11일
1판 1쇄 펴냄 2025년 12월 18일

지은이 이정화 이한솔 신새벽

편집 최서영 길은수 김지향
디자인 김혜수
사진 김혜수
미술 이미화 김낙훈 한나은
마케팅 정대용 허진호 김채훈 홍수현 이지원 이지혜 이호정
홍보 이시윤 김유경
저작권 남유선 한문숙 송지영
제작 임지헌 김한수 임수아 권순택
관리 박경희 김지현 박성민

펴낸이 박상준
펴낸곳 세미콜론
출판등록 1997. 3. 24. (제16-1444호)
06027 서울특별시 강남구 도산대로1길 62
대표전화 515-2000
팩시밀리 515-2007
편집부 517-4263
팩시밀리 515-2329

ISBN 979-11-94087-49-6 03810

세미콜론은 민음사 출판그룹의
만화·예술·라이프스타일 브랜드입니다.
www.semicolon.co.kr

엑스 semicolon_books
인스타그램 semicolon.books
페이스북 SemicolonBooks